織江耕太郎

百年の轍

書肆侃侃房

百年の轍 ＊もくじ

【主要登場人物】

岩城智也　大分県日田市で製材所を経営。元陸軍軍人で中国戦線に従軍。幼なじみの矢島泰介とともに戦後の木材輸入自由化政策反対運動の中心的役割を果たす。

矢島泰介　岩城智也の補佐役として製材業と反対運動に動く。

矢島小都《こと》　矢島泰介の妻。

矢島裕一　泰介と小都の長男。高校中退。東京で印刷会社を営む。

矢島千佳子　裕一の妻。

矢島健介　裕一と千佳子の長男。大日新聞記者。

矢島美里　健介の妻。経済産業省勤務。

矢島周平　健介と美里の長男。ゲームソフト開発者。

岩城早苗　岩城智也の長女。矢島裕一の元恋人。

安本譲二　矢島裕一の昔の不良仲間。居酒屋経営。

安本春子　譲二の妻。

安本早紀　譲二と春子の長女。

鬼塚良一　大分県議会議員。岩城智也、矢島泰介と幼なじみ。

鬼塚旭子《てるこ》　良一の曾孫。鬼塚工務店副社長。矢島周平の幼なじみ。

佐伯荘三郎　元高校教師で矢島裕一の恩師。岩城智也の親友。特攻隊生き残り。

【登場人物関連図】

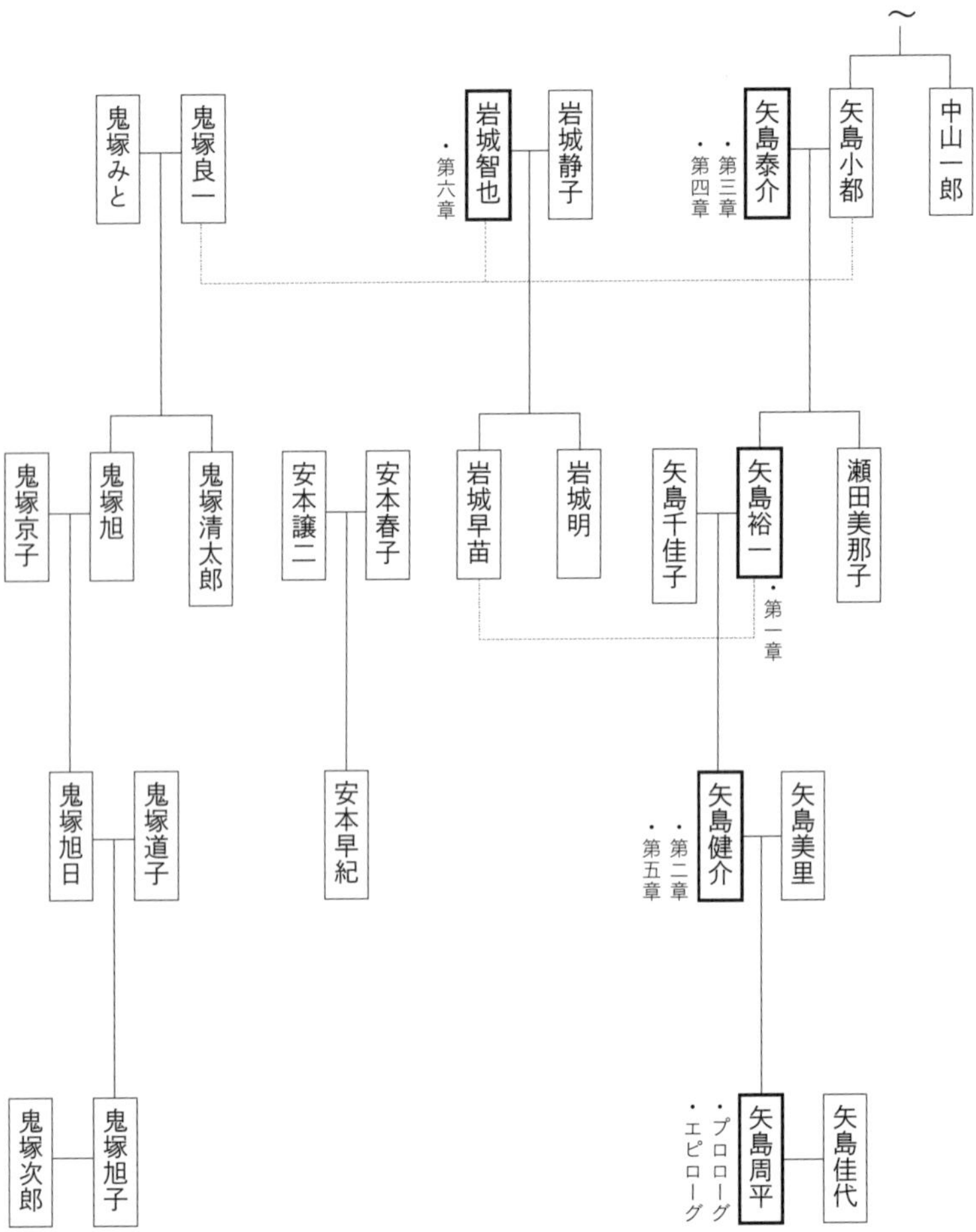

中山一郎
矢島小都
矢島泰介
・第三章
・第四章
岩城静子
岩城智也
・第六章
鬼塚良一
鬼塚みと
瀬田美那子
矢島裕一
・第一章
矢島千佳子
岩城明
岩城早苗
安本春子
安本譲二
鬼塚清太郎
鬼塚旭
鬼塚京子
矢島美里
矢島健介
・第二章
・第五章
安本早紀
鬼塚道子
鬼塚旭日
矢島佳代
矢島周平
・プロローグ
・エピローグ
鬼塚旭子
鬼塚次郎

プロローグ　風に舞う手紙

ブルドーザーがうなり大黒柱が音を立てて崩れ落ちた。昨日までは骨組みが残っていたのに、いまは単なる瓦礫の山となった。慣れ親しんだ古家が消滅した。矢島周平はやるせない感情を抱いた。

悲しさとともに悔いもある。両親の遺言を守れなかったことだ。いまでは建てることができない伝統構法で作られた家。石の上に柱が載り、金具はほとんど使われていない。百年以上にわたって矢島家の者たちを穏やかな気持ちにさせてくれた家。それがなくなるのだ。

都市計画の道路拡幅の指定地域に入っていると役所の人間に説明されたとき周平は即座に首を横に振った。貴重な家を潰すことがどういう意味を持つか理解できないのかと言い放った。私有林にしてもそうだ。かなり前にできた法律で矢島家が代々育ててきた杉林も国の管理となった。先祖が育ててきた杉は伐採された。自然を壊す法律が跋扈する。怒りに燃えた周平は、杉林のことも含めて珍しく声を荒らげたのだった。

しかし、けっきょくは解体に応ぜざるを得なかった。

日田市の発展のためだという。本当にそうだろうか。懐疑的な周平に対して役所が提示した日田市未来計画には、自然を守ると書かれてあった。この文言が役人だけで書かれたものだったなら、周平が応諾することはなかっただろう。しかし、それは市民中心で結成されたプロジェクトチームによって作られたものだったのだ。日田に住む住人たちによる手作りの日田市再生計画だった。

水郷の町日田市。広大な杉林、滔滔《とうとう》と流れる三隈川、昔のたたずまいを残した街並み。すべてがそっくり残るのだ。そのためには、周平ひとりがわがままを言うことはできない。両親の墓にいき、事情を説明して許しを乞うた。矢島家すべての先祖は許してくれるはずだ。

ブルドーザーのエンジン音が止まったとき、次郎と旭子《てるこ》が周平に近づいてきた。

解体を頼んでいる工務店の社長と副社長であるとともに、周平の幼なじみでもある。

小学生のころから年に数回しか会わないのに気が合った。テレビゲームに没頭していた周平が野山を走り回るようになったのは二人のおかげである。

次郎は四角い箱を持っている。それは何だ？　と訊くと、

「床の間を解体してるときに、床の下に洞《ほこら》があってね。その中にこれが入っていたんだ。汚れていたので捨てようかと思ったけど、布で拭いてみるとこんなにきれいになったんだ。周平に見てもらわんといかんと思うてね」

「これは文箱だな。漆に蒔絵の絵柄か……」

縦三十センチ、横二十センチほどの大きさである。表面には満月にかかる杉木立の絵が描かれてある。月の色は本物よりやや赤みがかっていて、そこに黒の杉木立が影絵のようにかぶさっている。私有林から見た光景に似ているな、と周平は思った。

「開けてみた？」

「まさか。これは周平の持ち物だから、勝手に開けたりはせんよ」

蓋をそっと開けてみた。二人が周平に近づいて中を覗く。

ペンダントと封書が入っている。ペンダントは、緑色に近いブルーだ。

旭子がペンダントを見つめ、「ターコイズ。きれいね」と言った。周平は手に持ってみた。軽すぎず重すぎず、表面を触ってみるとひんやりしている。

「それ、私にちょうだい！」

と旭子が唐突に言った。次郎が目を丸くして、

「お前、勝手なことを言っちゃあいかん。これは周平の持ち物なんだから」

「だからお願いしてるのよ。ねえ、周平ちゃん、ちょうだい」

旭子は周平からペンダントを奪い取り、自分の胸元につけた。

「だめだだめだ」と次郎が言い、旭子から取り戻そうとする。旭子は渡すまいと、胸元をしっかり両手で押さえた。

「これ欲しい！　ぜったい欲しい」

と幼児のように駄々をこねる。いつもの冷静な旭子からはほど遠い執着ぶりだ。

「そこまで気にいってくれたのなら、てるちゃんに使ってもらおうかな」と言うと、旭子は目を大きく開き、大はしゃぎした。

そのときエンジン音が聞こえてきたので振り返ると、軽トラックが停まり、妻の佳代がドアを開けて出てきた。

「今夜は大嵐になるという予報だから早く引き上げた方がいいわよ。台風、大型らしい」

空を見ると、すでに黒い雲が流れている。風も出てきた。

妻の佳代はそのあと、旭子の胸元のペンダントをじっと見つめ、

「てるちゃん、それすごく似合ってるわね」と言った。

周平が事の成りゆきを説明すると、

「欲しい人が使うというのが最も自然な流れよね」と賛成する。

「佳代ちゃん、ありがとう。嬉しいな！」

旭子は満面の笑みだ。

「なんか悪いな。本当にもらっていいのか」

次郎が苦笑して言った。周平と佳代は、笑顔で頷いた。

「てるちゃん、大事に使ってくれよ。さて、台風がくる前に三隈荘に行こうぜ。風が強くなってきたし」

と周平が言うと、

「その封筒の中身は見なくていいのか」

と次郎が訊いた。あ、そうだと言い、周平は封筒から中身を取りだした。かなり古い和紙で色もくすみ、触るとがごわごわしている。文字は薄くなっていて、ほとんど読めない。しかも、文字は昔の字体のようだった。

にわかに空が暗くなり、風も強くなってきた。

「家に帰ってから読むことにする」と言ったものの、やはり気になって空に透かして見た。そのとき突然、突風が吹いた。手元から手紙が離れ、揺れながら空に舞い上がった。

「あ、まずいことになった」

「追いかけるぞ！」と次郎が言う。二人で走り出した。手紙は三隈川の方に向かっていく。

高く舞い上がった紙片は三隈川まで飛んで落ちた。下流に向かってゆっくり流れていく。浅瀬が見えてきたところで、次郎が靴のまま川に入り、手紙をさっと拾い上げた。

しかし、水に濡れた便せんに書かれた文字は読める状態にはなく、判読できるのは数か所だけだった。

「斬り……」「鬼塚良一で……」、そして手紙の最後に書かれた、おそらく宛名と思われる「佐伯荘三郎様」。

横から手紙を覗きこんでいる次郎が言った。

「鬼塚良一というのは、旭子のひいじいちゃんの名前だぞ。お前のご先祖様と鬼塚家は親戚なのかな」と首を傾《かし》げる。

「ここは、けっこう読めるぜ」次郎が指さす。そこには、

「不憫なのは、小都の息子裕一です」と書かれてある。

「裕一というのは俺のじいちゃんだ」周平は記憶にある無口な祖父のことを思い出した。

「この小都さんというのが、お前のじいちゃんのお母さんってことか？」

「聞いたことないけど、たぶんそうだな」

と周平が答えると、

「お前な、祖先の名前くらい覚えておけよ」と笑う。

次郎の言葉は周平の耳を通り過ぎた。あの無口な祖父裕一がなぜ不憫だったのか。そもそもこの手紙は一体、何なのだろう。

第一章　九月の雪解け

1

矢島裕一の元に一通の葉書が届いたのは夏のあいだ上り詰めた水銀柱がすっと高度を落としはじめた日のことだった。達筆な楷書に見覚えはなく、差出人の安本という苗字にも心当たりはなかったが、続く春子という名前が遠い記憶を呼び覚ましてくれた。そうか。田所春子は安本春子となっているのだ。裕一はいつも笑顔を絶やさないおおらかな性格だった彼女を懐かしく思い起こし、四十年ぶりの思いがけない連絡に頬を緩ませたのだが、それもつかの間のことだった。葉書を裏返して文面をさっと読み終えた裕一は、呆然とその場に立ち尽くした。

　ほとんど余白がないぎっしりと文字がつまった葉書だったが、裕一の目に留まったのは「さーちゃんが亡くなったのよ」という一行だけだった。その一行は読み過ごしてしまいそうなほどさりげなく書かれていたのだが、それが逆に春子の悲しみをあらわしているように思えた。その一行の個所にはほとんど見えないぐらいの薄いしみができており、それは春子が落とした涙かも知れないと、ふと思ったりした。

日差しはすでに西の空に傾きかけ、柿の木が細い影を長く落としている。そのシルエットが人間のように一瞬見えた。そしてその先には今朝咲いた白い木槿《むくげ》の花がしぼみかけ芯のピンク色はもう見えなくなっている。それが遠い昔に見た早苗の面影に似ているとふと思い、あらためて葉書の一行に目を落とすと、湖面に小さな石が投げられたように、裕一の心の中にゆっくりと波紋が広がっていった。

居間に戻ると、いつやってきたのか、阿佐ヶ谷に住む妹美那子がソファに座って妻の千佳子と一緒にビールを飲みながら話に熱中していた。裕一が部屋に入ってもしばらくは気づかず会話をつづけ、気づいてからも一緒に飲まないかと形だけの誘いの言葉を出しただけで、全く裕一に関心がないように話に夢中になっている。妹に小姑のいやらしさがないのは二人の年齢が近いためか、あるいは単に気が合うだけなのか。妹はたしか妻とは四歳違い。今年の七月で五十五歳になったはずだ。

「兄さん、考えてくれた？」

妹がグラスをテーブルに置いてから言った。

妹から福岡に一緒に行ってくれないかと頼まれたのはもう半月も前のことだった。そのときは即座に断ったが、その後もおりをみては同じことを繰り返す。自分の気持ちのなかでは母はいないも同然なのだから、「お母ちゃんもう長くないのよ」と言われても気持ちが揺らぐことはない。今年八十八歳。惚けてもいないし足腰もまだ丈夫らしい。不自由なことと言えば入れ歯がうまく嚙みあわないことと目が緑内障の初期だということぐらいだった。けっきょく年の割には元気で、妹が「長くない」と言うのは単に年齢のことを言っているに過ぎないのだ。

グラスでも取りにいくのだろうか、千佳子が席をはずしたのを機に妹が身を乗り出して小声で言った。

「母さんがさかんに死にたいって言うのは、こう言っちゃなんだけど兄さんのせいよ」

「もうその話はいい」

と返すと、妹は色艶のいい顔をかすかに歪ませて、まったく……とため息をついた。

日差しが長く尾を引いて壁際に置いたピアノを白く光らせた。弱まりかけた光は、いまの裕一の気分と溶け合うように落ち着いている。

妹は裕一の頑迷さを知り尽くしているのだが、やはり郷里の母のことを考えると説得せざるを得ないのだろう。それは理解できるのだが、裕一としても四十年かけてどうにか心の平静を保てるようになったのだから、いまさら妥協するわけにはいかなかった。

「義姉さんとも、よく話し合ってみてよ」

妹は腰を上げて玄関に向かった。部屋を出るとき裕一の表情を読み取ろうとするかのような視線を向けたのがわかったが、裕一はそれを無視して庭の柿の木にもう一度目をやった。

「美那ちゃん帰ったわよ」

入れ替わりに妻が部屋に入ってきた。妻は表情を硬くしている。さきほど席をはずしたのは、グラスをとりに行ったのではなかったのだろう。兄妹だけで話すのがよいと気をきかせたのだ。

「結論は出なかったの？」

「そんなの最初から出ている。俺は母を訪ねたりはしない」

そう言うと、妻は、

「美那ちゃんの気持ちも考えてあげないと」
と、妹の肩を持つ。
「お義母さんは口には出さないんだろうけど美那ちゃんにはわかるのよ。お義母さんがあなたにどれだけ会いたがっているのかを。そこのところをわかってあげることはできないの？　あなたの気持ちがわからないわけでもないけどもう四十年も経っているのだし。変な言葉だけど、もう時効じゃないの」
母は本当に会いたがっているのだろうか。会って、自分の不義をわびるつもりでもあるのだろうか。裕一にだけでなく、妹にも弟にも、いやそれよりも、すでにこの世にいない父に対して頭を下げるつもりがあるのだろうか。裕一は母の不義が原因で死に急ぐようにこの世を去った父の無念を想像するだけで頭に血が上ってしまうのだった。

戦地から復員した父泰介は、日田に住む戦友が経営する製材所を手伝い、週に一度家に戻ってくる生活を続けていた。身体の線は細いものの、意気軒昂な父だったことを裕一は覚えている。その父があるときから覇気がなくなった。結核に罹患して入退院を繰り返していたのだが、父の意気消沈ぶりは病気が治癒したあとも続いた。以前は野良仕事に精を出していた父が縁側で肩を落としうなだれる姿ばかりを見せるようになったのだ。あの唐突な変化は、何だったのか？

裕一の子ども心にずっとひっかかっていた疑問だった。

過酷な戦争体験だろうか、それとも戦後の価値観の急変についていく気力を失ったのか。確かにそんなこともあったのだろう。しかし、決定的な理由は、裕一の出生にあったと思っている。裕一が生まれたのは父が南方に従軍していたときだった。出征の時期からして計算が合わない。

それを噂として聞かされたとき、母を詰問していればよかったし、父に母を許した理由を聞いておけばよかった。そう思ったのはずっとのちになってからだった。そのときの裕一は、ひたすら沈黙し、悪臭を放つ怒りの塊を胸の奥底に沈めただけだったのだ。そしていき場を失った怒りは出口を求めてさまよい、けっきょく一番安易な暴力という解決を得ただけだった。

素手の喧嘩はその快楽をすぐに麻痺させた。道具を使うことに抵抗はなくなり、他人に傷を負わせることにも慣れ、同時に自分自身の身体から血が噴き出すことにも慣れた。気が晴れた。しかし、いま思い起こせば、それも瞬間的なものでしかなかった。心の中で暴れ回る虚無の波を一時的に鎮めていただけだったのだ。

「私、覚えてるわよ」裕一の変化に気づいたのか、妻は声を和らげた。

「あなたが西新宿のうちの下宿にやってきたとき、手編みのセーター着てたこと。お母さんが編んだものだって言ったわよ」

上京の日取りが決まっても母には伝えなかった。でも当日、叔母に連れられて見送りにきた妹が手渡してくれた紙袋には地味だが暖かそうなセーターとマフラー、そして現金五千円が入っていた。

「身体が大きくて頬に切り傷の痕があって、誰が見ても不良だったわね」

妻は独り言のような口調でつづけた。

「怖い人だと思ったわ。いつか刑務所に入る人だなって。いくら商工会の友だちに頼まれたからって、どうして父はこんな人をうちに下宿させたんだろうと不思議に思ったわ」

「会社に独身寮がなかったからだ」

「そんなこと言っているんじゃないわよ。大きな過ちをおかすことなく、小さいけれど自分の会社をもてるようになったのも、お義母さんの存在があったからだと思うわよ」

「憎しみをパワーに変えたという意味ではな」

「いいえ違うわ。憎しみなんか持つはずはないわ。親子関係というのはすべてを許せるものだと思う。何をやっても親は子を許すし、子は親を許す。そう思うわ」

ぐれはじめたのは中学三年のときだった。高校に入学してからは、わずか二か月も経たないうちに勉強そのものがつまらなくなった。学校には行ったが、それは喧嘩の相手を見つけるためだった。そのうち相手がいなくなり、仕方なく町を歩き回り始めた。高度経済成長期に入る直前で町はまだ灰色だった。薄汚れた基地の町にはいたるところに安保反対の看板と垂れ幕がかかっていた。そんななかを、裕一は見知らぬ男たちにひたすら挑みかかっていく毎日を送った。母親が学校に呼び出された回数は数え切れない。母は不機嫌な顔で裕一に説教を繰り返した。母のヒステリックな叫び声が頂点に達した日、裕一は彼女を見据えて、

「あんたに、俺を説教する資格はあるんか」

と言った。母はそれ以降、裕一にかまうことはなくなった。親は子を許す、子は親を許すと妻は言うが、それは恥ずかしくない人生を送っている親子にしか当てはまらないだろう。

妻はまだ何か言い足りないような素振りを見せたが、視線を床に落としてそれ以上口を開くことはなかった。

2

裕一が上京したのは昭和三十八年の十二月、十八歳になったばかりだった。就職先は水道橋にある従業員五人の印刷会社。就職を斡旋してくれたのは高校時代の恩師だった。

高校時代の裕一はどうしようもない落伍者だったが、そんな人間にでも一人くらいは気遣ってくれる人がいるものだ。担任の佐伯荘三郎が、八方塞がりとなった裕一の面倒をみてくれた。「ひたむきに生きろ」と当時は鼻で笑ってしまいそうな言葉も、その先生が言うと、不思議と身体の隅々まで浸透していった。ひたむきに生きる。裕一はその言葉をどう受け止めればよいのかよくわからなかったが、それはそれでよいのだと思った。恩義を感じる人がいるという事実だけが嬉しかったのだ。

裕一が働くことになった会社の社長は佐伯と縁があったようで、過去のことをとやかく言うことはなかった。ただ仕事面は厳しく、印刷業は徒弟制度の枠内にあるような業界だったので、徹底的にしごかれた。裕一が犯したミスで納期遅れになった仕事を連続の徹夜で乗り切った日の夜、明かりを消してしんと静まり返った暗闇のなかで仕事は辛いかと自問してみたが、答えはノーだった。心の空洞は明らかに小さくなっていた。そうなったのが、仕事と仕事場という有無を言わせない環境のためなのか、あるいは周囲の人間たちとの交流のためなのかはわからなかった。おそらく両方であり、もうひとつ理由があるとするならば、千佳子の存在だったのかもしれない。

独身寮など持つ余裕のない零細企業だったので、裕一は社長の紹介で西新宿にある下宿屋で寝起きすることになった。千佳子はその家の一人娘で、裕一よりひとつ年上の十九歳。商業高校を出て父親がやっている石材店の事務を手伝っていた。化粧っけはなく、いつも地味な色合いの服しか着ない女だった。言葉を交わすことはほとんどなかったが、裕一の気持ちのなかに何かひっかかるものがあったのは事実だった。しかしお世話になっている下宿屋の一人娘なのだから、裕一の置かれた立場からすると一定の節度を持って接するほかはなかった。千佳子の方はといえば、いつも裕一を避けて通るような仕草をすることが多かった。

その後、千佳子は結婚したが二年ほどの短い結婚生活のあと家に戻ってきた。子どもはいなかった。以前とは違い、千佳子が裕一を避けることはなく、ときおり裕一に笑顔を向けるようになっていた。笑うと八重歯がのぞいた。裕一は二十四歳になっていた。

裕一の部屋は東南に面しており、少し離れた甲州街道からの喧騒も窓を閉めれば完全になくなる。ときおり聞こえてくる大型トラックのクラクションも夜の静寂を切り裂くほどの鋭さはなく、そんななか、冷え切った部屋で文庫本を朝まで読みつづけるのがわずかしかない休日前夜の過ごし方だった。東の空が白みはじめると本を閉じ布団を敷く。窓を開けると溶けきれない夜気が身体にまとわりつく。トイレは共同で、部屋を出て廊下を右に歩いた突き当たりにある。廊下にも窓があり、そこからは北側が見通せた。

千佳子が離婚して家に戻ったあと十二社池がなくなり、新宿中央公園が開園した。そして公園の近くに京王プラザホテルが建築途上にあった。西新宿は着々とその姿を変えつつあるときだった。廊下に立って眺める京王プラザホテルの建築現場は裕一を憂うつにした。

鉄骨のかもし出す冷たさと、まだ形をなしていない無骨な姿が、季節の色、朝と夕の光の色といった相反する色合いの変化の中でも頑として不気味な顔を変えなかった。いつも怒った姿を周囲に誇示する。そのビルの頂上にはいつもクレーンが突き出ていた。首が折れたその姿を見るとき、故郷で魂を抜かれたように覇気を失った父の姿がダブって見えることがあった。あのクレーンはどうやってあの高さまで吊り上げられたのだろう。調べればすぐに出る答えをそうせずにずっと疑問のまま頭の隅に置いていたのも、不気味な存在としてのクレーンを忌み嫌っていたからだ。日没に残照を受けたクレーンの淡い影も、日が沈んだあとの、取り残されたようにたたずむ黒いクレーンも大嫌いだった。そのようなクレーンが着実に仕事をこなして最終的には芸術的な構築物を作り上げていくという皮肉な事実も裕一には納得のいかないことだった。

「またクレーンに八つ当たり？」

幾度か言葉を交わしてはいたが、裕一の内面にまで踏み込むことはなかった千佳子だったが、そのときは裕一の苛立ちを自分のものと受け止めたような口調だった。裕一は廊下の窓から副都心を見つめ、クレーンに悪態でもついていたのだろう。あるいは、以前にクレーンのことを立ち話のついでに話したのを覚えていたのかもしれない。裕一は、返す言葉が思い浮かばず、しばらく千佳子の顔を見つめた。彼女は何を思ったか、じっと裕一を見つめたあと、意外なことを言った。

「ねえ、私とデートしない？」

唐突な言葉に裕一は面食らったが、彼女の顔は、いまの言葉が決して冗談ではなく、ましてやひやかしでもないと訴えていた。彼女の茶色がかった双眸を見つめると、彼女も見つめ返してきた。

下北沢で見た芝居は裕一の理解を超えるものだったが、初めて見る世界に裕一は興奮を隠せなかった。

小田急線で新宿に戻り、まっすぐ家に戻るものと思っていたが、千佳子は裕一に腕を絡ませて東口の方に歩いていく。身長差がかなりあり、千佳子は裕一を見上げて、

「音楽、好き?」と尋ね、「ジャズは?」と言った。

千佳子は裕一の返事も待たず、ぐんぐんと歩き東口の改札を通って地上に上がった。連れていかれたところは闇市の跡のような界隈にあるジャズバーだった。会社の飲み会ではビールと日本酒ばかりだったので、ウィスキーの匂いに最初はなじめなかったが、スピーカーから流れる軽快な曲を聴いているとすぐにその香りも喉を通るときの焼けるような感覚も心地よいものに変っていき、薄暗い店内で妖しく光る琥珀色にもなぜか親近感を抱くようになった。親しさを感じたのは、アルコールだけではなく、隣に座って「コルトレーンの『サマータイム』っていうの」と教えてくれる千佳子にも以前とは違った感情を持つようになっていた。

「あなた、ふるさとがあっていいわね。うらやましい」

曲がベースのソロになったときにつぶやくように言った。カウンターに並んで座っているものの、二人のあいだはかなりの距離がある。

「結婚に失敗したとき、ああ、私にもふるさとがあったらなあって思って、ふとあなたのことが頭に浮かんだのよ。あなたって、ふるさとを背中にしょって生きているようなところがあるじゃない。そんな言われ方はいやかもしれないけど」

「ふるさとを背中にしょっている?」

「ええ、そうよ。自分には帰るところがあるって感じかな。あるいは、帰れないにしても、そう思うこと

で生活に張りが出るというような……」

「でも、千佳子さんには西新宿の家があるだろう」

「それはそうだけど、都会では意味がないわ。だってそうでしょう。私が結婚生活を送ったのは中野よ。実家から数分で行けるところ。結婚しているときは中野と西新宿はずっと遠いって感じがしていたけど、いざ亭主と別れて実家に帰らなくっちゃと考えたとき、あまりにも近すぎて、何かしら拍子抜けするような気がしたの」

　千佳子が言いたいことはさっぱりわからなかったが、最後のひとことは裕一の胸のうちにすっと入ってきた。離婚の原因を訊くことなどできるはずもなく、たとえそれを知ったところで、裕一がしてやれることは何もない。しかし、少なくとも千佳子が心の痛みを持っていることだけは理解できたし、できることなら力になりたいとも思った。

「ジャズ、好きになれそう？」

　二杯目の水割りが目の前に置かれたとき千佳子が訊いた。裕一がうなずくと、「でも、今度のデートはアウトドアよ」と言ってからグラスに口をつけた。折れそうなほど細い腕がセーターの袖口からのぞいた。千佳子はどうして自分を誘うのだろうか。いろいろとその理由を考えてみたが、これだという答えは見つからなかった。同情、哀れみ、単なる話し相手、私生活に対する興味、気晴らしの相手。そんなことを考えていると、

「あなた、好きな人、いるんでしょう」と千佳子が訊いた。

　すぐに早苗のことが脳裏をかすめたが、六年前に終止符が打たれたことだと思い直し、

「いないよ」と言った。同時に心のなかで、千佳子は恋の相手として自分を見ているのだろうか、と考えたりもした。

「それって、いまはいないって意味でしょう？　昔はいたってことかもしれないわね」

千佳子は追い討ちをかけるように言葉をかぶせてくる。その問いに裕一がうなずくと、

「どんな人？」

と、気になるのか、それまでと違う表情で視線をそらしたままぼそっという。高校の一級上で家が近くだったこと、幼なじみだから好きというより友だち感覚だったと若干の嘘を交えて説明した。実際はお互いにたまらなく好きになったことや、ある日唐突にふられたことは、黙ってのみこんだ。

「そのあとは？　東京では好きな人はできなかったの」

矢継ぎ早の質問にいくぶん閉口しながらも、

「仕事覚えるので精いっぱいだから」と、今度は嘘はつかなかった。千佳子はまだ視線を遠くしたまま、

「仕事がんばってね」と、そのときようやく裕一の目を見て笑顔を見せた。

千佳子と結婚するまでには、それから二年の年月を必要とした。その二年は、頭の片隅に残っていた早苗の面影をきれいに消し去るために必要だったのだ。それは千佳子に対する礼儀だと考えた上でのことだった。千佳子には結婚する前から恩義を感じていたし、結婚したあともその気持ちに変わりはなかった。裕一が閉じこもったままの小さな殻をそっとノックし、それでも出てこない裕一を見かねて、強引にふたを開けてくれたのが千佳子だったのだから。

3

テーブルに無造作に置いていたので読んだのだろう、千佳子が夕食のときに、亡くなった方ってお友だち？　と訊いた。安本春子からの葉書のことを言っているのだ。福岡で近くに住んでいた子で、いわゆる幼なじみというやつだ、と簡単に説明すると、

「もしかして、初恋の人」

と、質問でもなく独り言でもないという口調で言った。裕一は答えなかった。

裕一に晩酌の習慣はないが、千佳子は気が向くとときおりビールやワインを食卓に並べることがある。ひとり息子の健介も昨年結婚して家を離れた。数年前に家を改築したとき、そのときは独身だった息子がいずれ結婚して夫婦で遊びにきた際ゆっくり座れるようにと大き目のダイニングテーブルを据えたのだが、いまとなっては大きすぎる。いずれは孫ができて遊びにくるようになればサイズを気にすることもなくなるだろう。

息子の健介は大日新聞の社会部で働いている。経産省に勤める妻の美里は気立てのよい女性だ。

手を伸ばすようにして千佳子がグラスにワインを注いでくれた。二人だけで始めた印刷屋が軌道に乗り始め、従業員を雇い、そのころ東京で就職していた妹が会社を辞めたので、事務のアルバイトとしてきてもらうことにした。そのころから、ようやく千佳子は家業の手伝いから離れ専業主婦となった。年相応に身体全体に丸みをおびた姿は元来おっとりした性格を体現しているようで、周りの者たちを和ませる。

裕一はつがれたワインをわずかだけ口に含んだ。

「大昔のことだけど、あなた覚えてるかな。まだ結婚するかどうかもわからないとき、はじめてデートしたときのこと」

「ああ。ジャズバーでのことだろう」

「ええ。あのとき、好きな人がいるのか訊いたのよ」

「ああ、覚えてる」

「そのとき、単なる友だちだから、とかそんなこと言ったのよね。ひざ頭を指でたたきながらそう言ったのよ。それって、あなたが嘘をつくときの癖だものね」

「……」

「人が人を好きになるのは誰も止められないわ。大昔にふるさとで、その人とどんなことがあったのか知らないけれど、私が想像するに、何かのきっかけで別れざるをえなかったのじゃないかしら。あなたはあまりにもいろんなことを我慢しすぎるから、ずっと心のなかにその人のことを引きずりながら生きてきたのじゃないの」

「そんなことはない」

　否定したとたんに、わずかに首を傾げて微笑む早苗の面影が脳裏に一瞬浮かび、同時に、早苗が約束の場所に現れず、その理由もわからないまま茫然自失し、負け犬のように肩を落としてその場に立ち尽くした自分の姿を思い浮かべた。

「怒ったのなら謝るけど、あなたにとってその人はやっぱり大事な人だったんでしょう。そんな大事な人が亡くなったのだから、お墓に花を手向けてあげたらどうなの」

「それはかまわないが」

「ついでにと言っちゃなんだけど、そのとき、お母さんにお会いしてきたらどうかしら」

　ワインが効いたのか、顔が熱っぽく感じられた。千佳子は裕一の顔を直視している。出会ったときからそうだったが、千佳子は角が立たないようにことを巧みに運んでいくことに秀でている。早苗のことを持ち出したのも、けっきょくは裕一と母との確執を解消させるための方便だったのだと思い知らされる。ゆっくりしたしゃべり方にはとげがなく、話すものの気持ちを和ませる。事業の幾度かの危機のとき、いつも助けられた。大げさな言い方をすれば、千佳子は裕一の人生の羅針盤のようなものだ。今回も、その羅針盤が指し示した航路に向けて舵を切ることになったようだ。

　二週間後、裕一は福岡空港行きの飛行機に乗った。

　秋の訪れを告げる風が頰に当たり、ふと上を見上げると夏の名残の白い雲が東の空に浮かんでいる。裕一はホームにたたずんだまま周囲の光景に目をやった。すでに日差しは西に傾きかけ、駅舎の壁に弱りかけた光を投げかけている。

　福岡空港から地下鉄で西鉄福岡駅に出た。そこから西鉄電車に乗り、生家がある白木原《しらきばる》駅に降り立った。

　妻の千佳子は一日遅れで妹の美那子と一緒にやってくることになっている。母への連絡は妹がやってくれた。すべて私にまかせてほしいと、母と裕一との橋渡し役に意欲的だ。明日の午前十一時に空港で二人を迎え、その足で実家を訪れる予定だ。

　裕一が一足先にここへきたのは、早苗の墓を訪れるためだが、その前に生まれ育った町を一人で歩いてみたかった。

四十年ぶりなのだが、予想していた感慨は湧き上がってこない。予想と言えば、駅舎も生家も昔の面影などかけらもないことはここにやってくる前からわかっていたのに、それよりも喉に何かがつかえたような苛立たしさを感じるのはなぜだろう。そう思って周囲を見回すと昔は目線の先に緑豊かな姿を見せてくれた四王寺山が遮蔽物に隠されてしまったためだと気がついた。駅ホームからの絶景が記憶の片隅に生きているだけに、怒りより悔しさに近い感情が瞬間流れたのだった。

駅を出ると、そこもかつての面影は消えており、あらためて四十年の歳月の重みを感じた。低い軒を連ねただけの何の変哲もなかった駅前商店街はビル化で立体的な顔に変わり、うんざりするほどくすんだ灰色にしか見えなかった町並みはカラー舗装、色とりどりの外壁でにぎやかな様相となっている。耳も以前とは違う音を拾う。空気を震わすにぎやかでがさつな音の連続がパチンコ店から流れ、それに混じって子どもたちの甲高い声とバスのクラクションが耳を襲う。停車しているバスの終点表示を見ると、かつては猪と山菜の宝庫だった村の名称になっている。おそらく住宅地として開発されたのだろう。バスが迂回して大通りに出るのをぼんやりと眺めていると、目の端に理髪店のネオンサインが映った。そこから出てきた男に見覚えがあった。篠原理髪店の跡取りだ。鬼塚の下について臆病者だった顔つきは昔と変わっていないが、歳相応に頭が禿げ上がり、腹が出ている。肌の色艶はよかった。

駅前を右に折れて蛇行する道に沿って歩いた。駅を離れるにつれて、町は色あせてきたが、裕一は逆にほっとする。しばらく歩いてコンビニの角を右に曲がると、ひっそりとした裏通りに変わった。道が急に細くなる。左右には二層のアパートと戸建て住宅がみっしりと建てこんでいる。かつては半分以上が田んぼだったところだ。

しばらく歩くと袋小路になっていた。そこできびすを返して駅に向かう。その途中に小さな公園があった。遊具はすべて新しく、地面には犬のふんひとつ落ちていない。消毒済みとでもレッテルを貼りたくなるようなその公園に足を踏み入れてみた。すべり台に上る。熱の放射を忘れたような日差しが顔に降りかかる。目を細めて顔を真正面に据えた。近景はマンションのベランダ、遠景には水城の堤防が見えた。元寇襲来に備えてつくったとされる歴史的な遺産だ。堤防はくすんだ色をにじませている。昔はもっと濃い緑だった。すべり台を降りて歩き出した。

このあたりだった。そう思って通りを隔てた向かい側に顔を向けた。日差しが当たってブロック壁が淡く光っている。その壁にある表札に目が止まった。

「岩城明」とある。早苗の弟の名前だ。家は木造モルタル塗りの二階建てで、外壁やベランダは経年変化で傷みが目立った。ベランダに下着が干してあり、物干し竿を受ける金具に薄汚れた風鈴が結わえられている。風鈴は無風のなかで音も立てない。

すべてが小作りで貧相だ。隣の家が洋風の豪邸なのでよけいに粗末さが目立つ。かつては地元の有力者として栄華を極めていたころの岩城家を知っているだけに、いまの没落が哀れに思えた。

西鉄電車に乗り、ひと駅目の春日原《かすがばる》で降りた。駅は高架となり、急行が停まるようになっている。町の変貌ぶりにはもう驚かなくなったが、いまはじめて知ることばかりで、それだけで疲労感が増す。家出同然で出て行った身だからこそ、面影を全く残さない町のあり方に苛立つのかもしれなかった。帰るのを拒否されたような、そんな感慨を胸に抱きながら通りを歩いた。商店街を通り抜けてすぐを右に曲がったところから伸びている裏路地を歩く。昔はこのあたりは米軍のための店が密集していたところだ。真っ赤な口紅だけが目立つ女たちが嬌声を上げながらうごめいていた地区。そんな場所も、いまではその面影はない。いやにモダンな建物がひしめき、四十年の歳月の長さをまた感じるのだった。そんな通りのなかにある一軒の店に目をとめた。看板には「ジョージ」と書かれてあり、その横にある住居表示も、春子の葉書にあった通りだ。ドアはすでに開いていて、暖簾の奥はまだ開店前なのか薄暗い。

暖簾をくぐるとカウンターのなかで洗いものをしていた女が怪訝そうな顔を向けた。開店前の準備で忙しいのだろう。近づくと、それでも笑みを浮かべて、いらっしゃいと言った。女はまだ化粧をしていないようだったが、それでも整った顔立ちであることがわかる。譲二の妻にしては若すぎるようでもある。ビールを注文した。蛍光灯のスイッチが入り、店内が明るくなった。店内がはっきり見えるようになり、安酒場だという第一印象は覆された。カウンターは重厚な板材で、壁面も同じ素材なのか、素人でもわかる高級感が伝わってくる。照明器具も派手すぎず明るすぎず落ち着ける店だと思った。

カウンターの奥の棚に写真立てがあるのに気づいて、そこに写った二人の男女を見ていると、

「失礼ですが、東京からいらっしゃった矢島さんですか？」女が洗いものの手を休めて言った。裕一が頷くと、女は頭を下げた。

「すぐに気づかず大変失礼いたしました」

笑うと一見冷たそうだったきれいな顔が和らかくなった。

女はおしぼりをカウンターに置いてから奥にひっこんだ。奥はこちらからは見えないが、暖簾を分けたとき冷蔵庫が見えたので厨房なのだろう。しばらくすると話し声が小さく聞こえてきた。電話をかけてい

るようだ。おそらく譲二と話しているのだろう。

「えらく興奮してました。よほど嬉しいのでしょう」

再び現れたとき女は紺がすりの着物に着替えていた。店の雰囲気に合った上品さが漂う。誰かに似ていると思い、テレビに出てくるタレントの何人かを思い描いてみた。細く伸びた五本の指と形のいい爪。和服に着替えた姿はほっそりと美しい。

もう一本ビールを注文したとき、うしろのドアの開く音がした。同時にカウンター内の女が相好を崩した。裕一はゆっくりと振り返った。譲二が立っていた。雨が降ってきたのか、羽織ったジャケットが濡れている。肩をいからせ顔の表情が硬い。まるで街のやくざと喧嘩を始める前のような緊張感が身体全体に走っている。四十年前によく見た姿だ。少しも変わっていない。裕一は立ち上がった。嬉しさがこみ上げる。

「よう」

そう声をかけたあと、もっとましなことが言えなかったものかと心のなかで自分に悪態をつく。でも、譲二にはそれで十分のようだった。近づいてきた譲二は、うっと声をつまらせながら裕一の肩をつかみ前後に激しく揺すった。

譲二はがっちりした体軀と長身、憂いを帯びた碧眼、高い鼻梁と引き締まった口元を持っている。モデルをしているといっても通用しそうな容姿はアメリカ人の父親の血を引き継いでいるからだ。居酒屋のおやじにはとうてい見えない。彼を見た者は誰もがそう思うだろうが、彼の生い立ちを知っている裕一には、むしろ彼にはふさわしいと思えた。おそらくいくつもの仕事を経て辿り着いたであろう居酒屋という自分の城なのだろう。腕っ節の強さは裕一にひけをとらなかったが、それとは裏腹に不器用で小心な男だった。世間の荒波に翻弄される人生を送るのは目に見えていただけに、こうやって城を築いたことが裕一には驚きだった。

譲二はアメリカ人の父親と日本人の母親のあいだに生まれたのだが、福岡の板付《いたづけ》にあった米軍基地に所属していた彼の父親は二人を捨ててアメリカに帰った。四十年前のハーフはある意味蔑《さげす》みの対象だった。「パンパンの息子」と陰口をたたかれた彼は物心ついたときから喧嘩にあけくれた。彼の母親は彼が小学校六年のとき別のアメリカ人と一緒になり、彼を捨てた。その時点で譲二の生き方は決まったようなものだった。いまはどうかわからないが、当時は母方の姓を名乗っていたので、町田譲二だった。

「いい店じゃないか」

正直に褒めた。

「そう言われると嬉しいな。女房と必死に金ためて買うた店だ」

久々の友人との再会に、奇妙な感覚を覚えた。当時から気心が知れていたとしても、それが永遠に続くわけではない。照れがあるのも事実だった。何から話せばいいのかわからない。すべてのことに戸惑い、目の前にいる、自分と境遇の似た男が四十年間どう生きてきたのか、そんなことを想像したりもした。

いろいろな戸惑いにもかかわらず、譲二の声の響きが昔のままだということに気づいて裕一は胸が熱くなった。

「奥さんとはいつ、一緒になった？」

裕一はカウンターの中でじっと二人の話に耳を傾けている女に目をやった。そうすると、女が微笑んだ。

同時に譲二が言った。

「ばか、これは、娘だ」

「……」

「ついでに、もっと驚くことを聞かせようか」

譲二は端正なマスクをわずかに歪ませた。

「俺は春子と一緒になった。旧姓田所春子。お前に葉書を送った女が、俺のいまの女房だ」

田所春子が譲二と一緒になってもおかしくはない。そう思ってはいた。譲二にとって殺伐とした日常のなかで唯一の心の安らぎが得られるのは、春子だったからだ。ただ、葉書をもらったとき、安本という姓だったので、まさか譲二と一緒になったとは思っていなかったのだが。そのことを尋ねると、譲二は苗字がまた変わったのだと言い、

「安本というのはお袋の遠縁の人の苗字。生みの母が別の男とくっついて、俺を捨てたとき、みかねて面倒をみてくれて、そのあと養子になった。不良から足を洗えたのも、その人のおかげだ」

春子が店にやってきたのを潮に店じまいをし、四人で外へ出ることにした。春子は、あいさつもそこそこに、「とりあえず、町のなかを歩いてみよう。もうすっかり変わってしまったけど」と、昔の面影を十分に残した笑顔を見せてくれた。まだ時計は六時半を回ったばかりだ。

外気に触れると、なごんだ気持ちがすっと引き、急に現実に引き戻されたような錯覚を覚えた。町を歩いてみようと春子は言ったが、彼女が向けた足の先は早苗の実家のある方向だった。裕一が足を止めたのに気づいた春子は、

「さーちゃんは、ずっとあんたに会いたいと思っていたのよ」

そう言ったあと、「どうして、あんないい子を泣かせたの？」

前からやってくる車のヘッドライトに浮かび上がった春子の顔は怒っているように見えた。

泣かせたりしてはいない。泣いたのは俺の方だ。

そう言おうとしたが、言葉にはならなかった。十八歳と十九歳のまだ幼い二人でしかなかったのだ。何かのいき違いが起こったとしても不思議ではない。あいまいなまま終わってしまう恋なんて、世の中には掃いて捨てるほどあるではないか。

「結婚して娘もいい子に育って、それなりに幸せな家庭を築いたわ。旦那さんもいい人でね。さーちゃんも幸せな人生だったとは思うけど、でも本当にそうかな、と思うときがあるわ。あんたのことをよく話題にすることがあったけど、もう昔の話はいいって話に乗ってこなかった」

いつのまにか御《み》笠《かさ》川《がわ》にかかる橋にさしかかっていた。これを渡ってしばらく東に歩くと早苗の実家に出る。

「お線香だけあげて、すぐに失礼しようね。明さんにはそう言ってあるから」

早苗の弟の名前を出してそう言うと、春子は橋の欄干に寄りかかって下を見つめたまま動かなくなった。譲二が彼女の右側に寄り添って同じように川面に視線を据えた。裕一は少し離れた場所にたたずんだ。近くを走る国道三号線から流れてくる喧騒を洗い流すように川のせせらぎが裕一の耳に忍び込んでくる。ネオンを反射してきらきらと輝く川面に昔の面影は見出せなかったが、早苗と歩いた川原とそこに群生していた宵待草の黄色ははっきりと思い出すことができた。学校の帰り、川原に着くころに花開きはじめ、花が完全に開いた時にはもう帰る時間になった。月見草と宵待草の違いなど、早苗からはじめて聞いた。

4

早苗の実家であいさつをしたあと、庭続きにある彼女の自宅を訪れた。市役所を定年退職した早苗の夫と、看護師をしているという娘が裕一たちを迎えてくれた。

春子は早苗の家族とも懇意にしているらしく、親しそうに挨拶を済ませると、すぐに仏壇の前に進んで蠟燭に火を点した。線香をたき、手を合わせたあと、すぐに振り向いて目配せをする。裕一はそれに応えて前に進んだ。

仏壇はこぢんまりとしたものだった。遺影のなかの早苗は裕一の記憶とは大きく離れたものだった。白桃のような頬やくっきりとした一重の眼は記憶にとどまっているものと同じだったが、決定的に違うものがその遺影にはあった。

こぼれるような笑顔。

かつての早苗にこんな笑顔はなかった。それは早苗のその後の人生が幸せだったということの証なのか、それとも裕一とつくりあげていた世界のなかでの早苗が不幸だったのか、あるいは心の奥底から笑えるような時代でなかったからなのか。笑うと鼻筋に幾筋かの皺が浮かび、すっと切れ込んだ双眸の奥には子犬のように愛くるしい黒目があった。裕一はそんな控えめな笑顔しか覚えていない。

「佐伯荘三郎先生はご存知ですよね」

突然の問いかけに裕一はあわてて遺影から目を離した。

「早苗は佐伯先生と懇意にさせてもらっていましてね。定年退職されてからは沖縄の方に引っ越されましたけど、それまではよくうちにも遊びにこられましてね、いつも矢島さんのことを早苗に話していましたよ。先生が早苗の父親とは親友だったということはご存知ですか」

佐伯は裕一の恩師であるが、早苗の父親が佐伯を知っていたことは聞いたことがない。しかも、裕一の面倒をみてくれた佐伯が早苗の相談相手にもなっていたと聞いて裕一は驚いた。

「先生が私のことを話されていたのですか」

「ええそうですよ。家を建てられたこととか、ドイツ製の高級な印刷機を導入されたこととか。先生がうちにいらっしゃったときの第一声はいつも、裕一は元気にしとるぞ、でしたよ」

「そうですか……」

言葉が続かなかった。動揺を隠すために遺影に視線を戻した。黒い縁取りのなかで早苗の笑顔がはじけている。その笑顔にさきほど感じた違和感はもうなかった。


その日の夜は譲二のマンションに泊めてもらうことにした。

経営する居酒屋から歩いて十分ほどのところにあった。部屋はきれいに整理整頓されている。六階建ての最上階で、南東に向いているというベランダからは街の半分を俯瞰できた。ネオンの明滅と喧騒でつくられた街に変貌したと思っていたのだが、それは駅前を中心とした一角だけだった。御笠川は黒い影をひきずるように蛇行し、その先にはすでに闇となった水城の堤防が横たわっている。

それらの光景を見ていると、つい最近行った東京都庁舎の展望台のことを思い出した。そこから見下ろした東京は夜の摩天楼だった。人工の構築物は一見美しく見える。しかしいま眺めている故郷に美しさは感じられない。無骨で乱暴で猥雑だ。しかし、裕一は目の前の光景が決して嫌いではない。

「明日お袋さんに会うんだろ」譲二がベランダに水割りを持って裕一と並んだ。「四十年ぶりとは、ずいぶん親不孝したな」

「俺も意地になっていたのかもしれない。母にはもうこの世では会わないと誓っていたんだ。理由はお前が知ってる通り」

「本当にお前の父親は泰介さんではないのか？」

「ああ。それは確かだ。俺の生年月日は知ってるだろう。その二年近く前から親父は戦地にいた」

「じゃあ、本当の父親は誰だ？」

譲二が発したその一言にかっと頭が熱くなった。親友でなかったら殴りつけていたところだった。本当の父親なんて誰も知るはずがないではないか。おそらく母親も知らないだろう。淫乱な尻軽女がけもののようにいろんな男と交わった末にできたのが俺なのだから。このことは譲二には高校生のころ聞かせているはずだ。熱くなった顔を夜気で冷やしながらあらためてそのことを譲二に説明した。

「戦争中はけっこうそういうことがあったからな。俺の母も同じだ。アメリカ兵にけっきょくは捨てられてしまったしな」

のんびりと母親のことを話す譲二に、彼の変化のあとを見た。以前の譲二は刃物のように鋭敏だった。彼にとって世の中のすべてが敵だった。殴られる前に殴る。口を出す前にこぶしを突き上げる。殺されるより殺す。そういった男だった。もちろん裕一も同じだった。

「どの時代にも尻軽女はいるだろうが自分の母親がそうだとは思ってもみなかった」

そう言うと、譲二は夜空を見ながら、尻軽女かあ、とつぶやいた。

そのとき、裕一の頭のなかにふと昔のひとつの場面が浮かんだ。中学二年生の夏休みのころのことだ。学校のグラウンドで野球をしているときだった。確か八尋という悪がきとルールのことで喧嘩になった。そのとき彼が裕一に発した言葉が「尻軽女」だった。お前の母ちゃんは尻軽女で誰にでも股を開く。話の意味はわからなかったが、許せない中傷だということだけは感覚的に理解できた。母親を蔑む言葉。

あのころは、まだ母親がそんな女だとは思っていなかったのだ。

「もう部屋に入らんね」

春子が廊下の窓から顔を出して言った。そうだな、と返して裕一はリビングルームに戻った。明日は妻と妹が福岡にやってくる。母との対面のことを考えると気が重くなる。しかし、部屋に入って春子が用意してくれた酒を飲み始めると、緊張も解けてきて、時計の針が三時を指したころ、すっかり酔いのなかにいた。

話すことがたくさんありすぎる。会わなかった四十年をたった半日で語りつくせるはずがない。おのずと昔話に花が咲き、なかでも亡くなった早苗のことが話題の中心になったのも必然だったと言える。そのためか、酒宴を終えて新聞配達らしい足音が表通りを駆け抜けていくのを聞きながら、敷いてもらった布団のなかで身体をやすめたあとも、早苗のことが頭から離れなかった。還暦を迎える前の突然死ということを考えると早すぎたとも思えるが、看護師になった娘が一人いて、なんの問題もなく育ち、早苗の生存中にひとり立ちしたという。夫婦仲もよかった。経済的に困ることもなかった。もちろん、大地主の長女として羽二重にくるまれたような育ち方をした早苗にとっては一見地味な人生だったと思えなくもないが、野心や虚栄とは無縁の性格だったことを考えるとそれも人生における瑕疵《かし》とはならなかったはずだ。

　早苗は幸せだったのだと自分のことのように安堵し、睡魔が近くまでやってきているのを意識しながら、やはり自分など出る幕ではなかったのだと、早苗と付き合うことに対して烈火のごとく怒った母のヒステリックな声を思い起こしながら結論づけた。

　母は、お前のような不良に早苗さんなんかもったいないと言った。早苗さんを傷つけたりしたらしょうちしない、お前みたいな不良は人殺しする前に感化院にでも行け。母は、自分が犯した大罪を忘れたかのように息子に罵詈雑言を浴びせ続けたのだった。

　どうして？　そんな思いがそのころあった。

　でも、いまは母の言葉も罵詈雑言ではなく叱咤激励だったのではないかと思うようになっている。一度だけ見た早苗の裸身を思い浮かべていると、ようやく安らぎとともに睡魔がやってきた。早苗の夢を見そうな予感がした。

5

　額に落ちてきた雨のひとしずくで目が覚めた。重いまぶたを開けると目の前には紫陽花の花びらしか見えなかった。そしてその花びらから、もうひとしずくが今度は裕一の頬にこぼれ落ちた。陽射しを避けて紫陽花の木陰で横になったことを思い出し、それにしても昼過ぎのいま、どうして紫陽花に朝露がついているのだろうとすっきりしない意識のなかで考え、頭のなかにかかっていたかすみがようやく晴れたとき、紫色の花びらのあいだから女の顔がのぞいた。

「また喧嘩したのね」

浅黄色のノースリーブから伸びた細い腕が裕一の頭上でその花を揺すっている。目を大きく開くと、早苗の顔が日差しを背に受けて影となっていた。川から水をすくって朝露に仕立てたのだろう、彼女の両手は濡れていた。花びらを手で払って立ち上がり、身体についた草を払おうとすると背中から腰にかけて痛みがつっと走った。

「赤チン塗った方がいいよね？」

ようやく早苗の輪郭をとらえ、いつもの穏やかな表情を確認して、

「薬はつけん」

と裕一はぶっきらぼうに答えた。

約束しているわけではないのだが、夕刻のほぼ同じ時間に同じ場所で早苗と会うのが日課になっている。きょうも一足先にここにやってきて土手に座って川面を眺めているうちに眠ってしまったようだった。川原には宵待草が黄色い花弁を広げている。風に運ばれてくるかすかな香りは忍冬《すいかずら》だろうか。早苗は裕一の隣に腰を落とし、残照を浴びて淡く輝く川面をじっと見つめている。こうやって黙って過ごすわずかな時間は、裕一にとって至福のときだった。

西の空が茜色から薄墨色に変わっても川面はまだ夜の色に溶けきれずにきらめいていた。二人を包む

空気がすっと冷え込み、その瞬間裕一は早苗の身体に触れようと手を伸ばしかけた。罪悪感はなかったが、勇気のいる決断だった。好きだという意識はずっと持っていたが、そのことと身体に触れることとは別のことだと思っていた。躊躇する自分を恥ずかしく思うこともあった。嫌われるかもしれない。そんなことを思う自分を情けなくも思った。しかし、もう止められなかった。それに時間がなかった。裕一はふるさとを捨てる決断をすでにしていたのだから、もう早苗と会えなくなるかもしれない。そんな思いが交錯した結果の行動だったのだ。早苗もわかってくれるはずだ。

　しかし、その期待は見事にはずれた。

「いや」

　裕一は伸ばした腕を空中で止めた。

「まだ心の準備ができていないわ」

　引き下がるしかなかった。

「たぶん父親とずっと一緒の生活じゃなかったことが影響していると思うのだけど、私、男の人とのことに臆病なのよ。でもゆうちゃんのことは好きだからいつかは許していいと思ってる」

　早苗の父親は、日田市で製材業を営んでおり、一か月に一度くらいしか帰ってこないという。

「いつ？」

「それはわからないわ。でも、近いうちに。それまで、こうやって、ここでお話しするだけでいいでしょう？　物足りない？」

「そんなことはない」

と強がりを言ったものの、裕一は限界だった。

「でも」

「でも、何？」

「もうすぐ早苗と会えなくなる」

早苗は黙った。

早苗の身体に入りたいという欲求が強まる。早苗を見る。目が合った。そしてすぐに目を閉じた。早苗を抱きしめた。震えている。抱きしめていた腕の力を抜くと、早苗の身体が蓮華草の上に横たわった。無言のまま早苗の上着のボタンをひとつずつはずす。日の光が長く尾を引き、早苗の白い肌を照らす。きれいだと思った。

早苗は抵抗することなく、裕一を受け入れた。


野鳥の鳴き声を聞きながら身繕いを済ませた。二人とも無言で、気まずい時間が流れる。

先に口を開いたのは早苗だった。

「ゆうちゃん、きょうの朝刊見た？」

明るい声だ。裕一の気持ちが軽くなった。

見ていないと答えると、すごいことが載ってた、とその場の空気を変えるためだけとは思えないほど興奮気味に話しはじめた。

「堀江謙一という人がヨットで太平洋を横断したの。それもたった一人でよ。一人ぼっちで大海原のなかで何日間も戦ってようやくアメリカにたどり着いたの」

違う世界のことだ、と思う。裕一の目に見える色はすべて灰色。そんな生活のなかなのだから異次元の話には抵抗がある。

あたりはすでに暮れなずみ、早苗の顔も輪郭だけが闇のなかに浮かんでいる。名も知らない野鳥が、巣に帰るのか羽を大きく開いてすっと二人の前を通り過ぎていった。

「帰ろう」

そう声をかけて裕一が立ち上がると、早苗が訊いた。

「明日は何時に会う？」

「五時はどうだ」

「うん、わかった」

会う時間を約束したのは初めてのことだということに気づいたのは自宅の玄関を入ったときだった。そのことにかすかな違和感を抱いたが、それも一瞬のことで、裕一を見つけた母が早苗のことでかなきり声を上げたとき、その違和感もどこかに消え去っていた。だから心の奥底に感じた違和感が凶兆だと考える余裕もなかったのである。翌日そのことに思い至ったのだが、すでに遅かった。

翌日、約束の五時に早苗は現れなかった。さまざまな理由が裕一の頭のなかを駆け抜けていったが、どれひとつとして裕一を納得させるものはなかった。早苗が約束を破る人間でないことを知っているだけに、ここに現れないことを重要なことだと受け止め、早苗との別離を覚悟した。それでも何かのいき違いかという往生際の悪さもあり、翌々日、その次の日と川原に座って待ってみたが、現れたのは名も知らない野鳥たちだけだった。

6

裕一が敷居をまたいだ瞬間である。それまで静かに裕一をじっと見ていた母の顔色がさっと変わり口をわなわなと震わせ始めた。震える唇は何かを訴えるようでもあり、ただ呪文を唱えるようでもある。集まったみんなはおびえた表情でことの成りゆきを見守っている。妹だけが、そっと寄り添い、お母ちゃんと声をかけたが、母はそれには反応せず、ようやく開いた皺だらけの口からしわがれた言葉が飛び出した。

「お前みたいなやくざもんが帰ってくるところは、ここじゃなかっ」

不安そうに見ていた妹が、お母ちゃん落ち着いてとなだめながら、

「これ、兄さんからよ」

とその場を取り繕うように手渡した土産の包みを、母は勢いよく畳の上に投げ捨て、その興奮の余韻をひきずるようにごほごほっと咳き込んだ。母は裕一の記憶よりもひと回り小さくなっている。しかし元来骨格がしっかりしており、大正生まれの女性としては大柄で、しかも気が強く弱音をはいたのを見たことがなかった。だから、いま裕一に悪態をついた姿を見てこの女はまぎれもなく四十年前の母そのものであるという実感が裕一の身体の隅々まで浸透していき、裕一に嬉しさがこみ上げてきた。それは、年老いた母親の健康を喜ぶといった親孝行的なものではなく、これまでのうらみつらみを容赦なくぶつけることができるという負の嬉しさだった。

「おいっ」

　すごみが効いていたのか、周囲の空気が凍りついた。家はハウスメーカー製の軽量鉄骨二階建てで十年前に建て替えたものだ。裕一も母には内緒でという条件で費用の半分を弟に援助している。二階に弟の家族が住み、一階はリビングダイニングと八畳間、その八畳間に母は寝起きしており、いまその母と裕一が対峙しているのもその部屋である。窓が開け放たれているので、密接した隣家に聞こえるのを心配する気配を見せたのが妹の美那子だったが、それよりも裕一が母に何をしでかすかわからない。そっちの方の心配と両方のはざまで右往左往する。裕一はそれを無視してはっきりと言った。

「俺をやくざもん呼ばわりするなら、あんたは何なんだ？　四十年前にも言ったと思うが、あんたに俺を非難する資格があるのか。どこの馬の骨ともわからない男と不貞をはたらき、俺を生んだ。あんたはそれでいいかもしれないが、俺はどうなる？　ずっと苦しんできた俺に償いができるのか？　いや、俺だけではない、親父の位牌にちゃんと土下座するまで、俺はあんたを許すことはできない」

　裕一は心を鬼にして目の前の老婆を見据えた。母は、そんな裕一を臆する様子もなく黙って見ていたが、さきほどとは目の輝きが違う。いく分伏し目がちで、背が丸まった姿勢は年相応のものだが、畳にきちんと正座している姿は昔の面影を十分に残していた。

「お前は誤解しとるとよ」

　そのひとことを聞いて、自分の往生際の悪さは母親ゆずりだったのかと思い知らされる。謝罪すれば済むというわけではないが、けじめとしては必要なことだ。福岡の人間は、けじめを重んずると常々思ってきたがそうではないようだと思い直し、同時に母は大分の出身だということに気づいた。しかし、大分といえども大きく違うことはないだろうと考え直し、同時に母の生い立ちを詳しく聞いたことがないのだとも思った。知っていることは父とは幼なじみだったということだけだった。

母が言う「誤解」が何を意味するのかわかるはずもなかったが、言い訳じみたことを言おうとしているのではないことだけは目を見れば理解できた。母は誰に言うともなく、

「誤解を解いておかんと、安心してあの世に行けん」とつぶやいたあと、しんと静まり返った周囲を見回してから、裕一と二人きりにしてくれと妹に言った。

妹はつとめて明るい表情をつくり弟夫婦と千佳子を誘導して部屋を出ていく。出ていくとき、「きょうは中秋の名月ね」と関係のないことを口に出したのも、その場の空気を変えたいという妹なりの配慮だったのだろう。

そして、八畳間に二人だけが残り、母は八十八年分の皺を刻んだ唇で語り始めた。

「あたしが大分県の日田というところで育ったことは知っとるよね。日田杉で有名な町でね。父ちゃんと結婚するまでそこで育ったと。お前の本当のお父さんは、そのとき近所に住んどった人でね。もちろん父ちゃんとその人も仲が良くて、子どものころは三人でよく遊んだ。その人はよか人やったけど、あたしが好きになったのは父ちゃんの方やった。

父ちゃんと一緒になってから、すぐに戦争が始まってね。不安でしょうがなかった。子どももおらんし、親たちは日田におるし、父ちゃんが出征したら一人になるって。でも父ちゃんは復員してきたと。病気になったらしくてね。喜んだりしたら非国民扱いされるけん黙っとったけど、本当に嬉しかった。

それからは父ちゃんと一緒に畑を耕し、田植えをして貧しいながらも幸せな生活を送ったとよ。ところ

が太平洋戦争が始まってしばらく経ったころから、普通なら戦争にとられない年齢の人たちが南方に行かされることが目立ってきてね。父ちゃんは病気で内地に戻ってきたのだから二次召集はないと言ってくれたけど、日本は新聞報道とは違って敗け戦が続いていたらしい。だけど、そんなこと、私たち庶民には何も知らされていなかった。そして、ついに父ちゃんに二次召集令状がきてしまってね。

父ちゃんが南方の戦地に行ってから、毎日父ちゃんの無事ば祈りよった。

そんなとき、あの人も二次召集されることになった。あの人は召集されたことをいやがってた。戦地に行く前、私のところにあいさつに寄ってくれた。月の美しい晩でね。私の家は少し高台になっていて畑や田んぼに行くときも下の方の道を通るから夜になると通る人はだれもいなかったよ。灯火管制で電灯は点けられんやったから、縁側に卓袱台ば出してささやかな料理を置いた。

下戸なのに酒が飲みたいというので出してやった。そしたら飲みながら急に軍歌を歌い始めてね。腕を振りながら大声で。こうやって自分を奮い立たせているんだなと、そう思って、あたしはじっと聞いてやった。戦争に行くということは死にに行くことやからね。あのころは国家総動員法で日本全体がひどいことになっとった時代でね。人ひとりが死ぬことなんか国はなんとも思うとらん。もちろん、そんなことは大きい声では言わんかったけど、あたしはそう思うとった。だから軍歌を歌い終えてあの人が肩を落としたとき、ああ、この人も戦争に行くのがいやなんだなと思うた。

あたしは胸が苦しくなってね、ただ、あの人は急に眠くなったみたいやったから、隣の部屋に蒲団ば敷いてやった。すぐにいびきが聞こえてきた。母ちゃんも飲み過ぎてしもうて、別の部屋で眠ってしもうたと。熟睡しとるとき、あの人があたしの布団に入ってきたと。

あたしは後悔はせんとそのとき思うたし、いまでもそう思うとる」

母の話を聞くうちにひとつの疑念が浮かび上がった。母の相手は日田での幼なじみだと言った。早苗の父も日田出身で日田と福岡を行き来していた。もし、母の相手が早苗の父親だとしたら……母が早苗と付き合うのを無理矢理止めさせようとしていたことも納得がいく。真実を知りたい。もしそれが真実だとわかったら、あのころも今も自分は冷静でいられるだろうか。

無意識に俯き、おそらく表情も険しくなっているのだろう。考えを整理し、事実を知る覚悟ができて口を開こうとしたとき、母が、再び話し始めた。

「この人は戦死するやろうねと予感めいたものがあってね。そして、その予感は当たってしまった」

「戦死したのか？」

自分でも驚くような強い口調で裕一は訊いた。

母は裕一の顔をじっと見て、ゆっくりと頷いた。

カーテンを通して月明かりが部屋に忍び込んでいる。窓を開けると夜気が流れ込んできた。見上げると月が出ている。妹が中秋の名月だと言っていたのを思い出し、同時に東京で見る月よりも大きくて丸いと思った。満月を見ながら、いまの母の話は絶対に語れない陰画として母が胸の奥に隠してきた物語だったのだという思いを強くした。

恋は時代を色濃く反映するものだ。死と隣り合わせの時代だったからこそ、何か確かなものを求めて手探りしたのかも知れない。そう考えると、一方的に自分だけの都合でものごとを測っていた自分が卑小に思え、同時に自分が抱いていた被害者意識は身勝手さであったのだということに気づいた。

母を許そうと思った。

そんな結論を導き出すと、霧が晴れていく感覚が裕一の心に沁みてきたのだが、視界をさえぎるものが完全になくなったわけではない。消え去らずにいまなお留まっているものがあり、そのひとつは父のことであった。

父は知っていたのだろうか？　尋ねるのははばかられたが、それでも、あいまいなままにしておくことは裕一にはできなかった。

「父ちゃんには話したとね」

裕一の問いを受けて母は大きなため息をついた。躊躇《ためら》いの色が濃く出たため息だったので、無理に聞くこともないからと言ったのだが、母は首を二、三度振りながら話してくれた。

「あの人とのことは父ちゃんには正直に全部話したよ。離縁されても仕方がないと思うとった。でも、父ちゃんはあたしのことを許してくれた。もちろん、気持ちのなかにはわだかまりがあったやろうけど、亡くなるまで、そのことは一言たりとも口に出したりはせんかった。お前はわからんかもしれんけど、父ちゃんはね、心の広い、潔《いさぎよ》か人やったとよ。お前のことも自分の息子として可愛がってくれたことはお前もよう知っとろう」

これだけ聞けば裕一には十分だった。母が父のことを愛していたという事実を知ったことは、裕一にとって大きな喜びだった。

だからもうひとつの疑問である裕一の実の父親が誰であるかを知る必要はないと思った。自分にはあんな立派な父がいたではないか。人とのつながりで重要なのは血よりも、むしろ生きてきた時間なのではないか。それに、背中が丸まってとても小さく見える母にそれを問いただすことは酷なことだと思った。

リビングルームに入ると、みんなの目が一斉に裕一に向いた。茫洋とした色をたたえた視線は、裕一を素通りしてうしろの壁に消えていくようにも見えた。薄い壁一枚だからすべて聞こえていたはずだ。どんな言葉を投げたらよいのかわからない、そんな困惑がみんなの瞳に宿っている。

そんなとき、妹だけは、「ねえ、そろそろお月見始めようよ」と、いつもより大きな声で言ったが、それもその場に空しく響くだけだった。妹は知っていたにちがいない。そんな思いが頭をかすめ、そんな境遇にあった兄に対して長いあいだ秘密のまま接してきたことを思い、逆に妹に悪いことをしたとも思った。

縁先には月見のお供えものがあった。三方に十二個の丸い団子が載っている。その横には花瓶の細い口からすすきがすっと伸びている。裕一は縁側に進み空を見上げた。きりっと引き締まった空気のなかで艶然と光り輝く満月の美しさに圧倒されながら、こうやってゆっくりと満月を観賞したのはいつ以来だろうかと考えた。そして、月そのものを美しいと感じたことがここ四十年のあいだに一度もなかったことに思い至り愕然とした。庭に目を移すと、弟が丹精込めて守ってきたのだろうささやかながら昔の佇まいが月明かりのなかで静かに月の光を浴びている。こんなに狭かったのかとも思う。石は苔むし、常緑の庭木が調和よく植えられている。つつじ、しゃくなげ、くちなし、もくれん、夾竹桃。そして、家屋から一番離れたところに柿の木が実をつけていた。東京の自宅のものより背丈が大きく、緑の葉はみっしりと生い茂っている。自宅を建てるとき、何とはなしに庭に柿の木を植えたことを思い出した。無意識に原風景を追い求めていたのだと思い至り、同時に結婚する前に妻の千佳子が言った「あなたはふるさとを背中にしょって生きている」という言葉を思い出した。そんなことを考えていると、頭のなかにかかっていた霧がまるで月によって浄化されるかのように晴れていくのがわかった。裕一は庭先から視線をはずして蛍光灯で明るく照らされた部屋のなかを振り返った。みんなの視線が槍のように裕一を刺している。裕一はその槍の放列を真正面から受け止めた。

「美那子」

　妹の名前を呼んだ。

「母ちゃん呼んでこいよ。一献傾けながら中秋の名月ばみんなで一緒に見るぞ」

　そう言うと、張り詰めていた空気が一気に和むのが裕一の肌に伝わってきた。

第二章　ある疑念

1

父裕一が倒れたという連絡を受けたとき、矢島健介は夜勤明けで帰宅途中のハイヤーの中にいた。母は慌てた様子もなく、

「大丈夫だと思うけれど、一応知らせておこうと思ってね」と言い、「この前の署名記事、よかったわ」といつものように健介を励ます言葉をくれた。いつも落ち着いている母なのだが、声のトーンに勢いがないことはすぐにわかった。父の病状を案じてのことだとは思うが、それにしても気になった。

母は倒れた経緯と、いまの病状を説明してくれた。風呂場で倒れていたという。すぐに救急車を呼んだ。元々、心臓に難がある父だった。それでも手術することもなく、血圧降下剤を常用していると聞いていた。診察の結果は、脳梗塞だという。血栓は手術が難しいところにあるが、命を脅かす大きさではなく、薬で治療し、障害が残る可能性もないことはないが、いまの時点ではその心配はないだろうとの説明だったという。

「休暇とって、久しぶりに親父の顔を見にいくか」

と言うと、

「仕事の方が大事よ。お父さんのことは私に任せて、あなたはいい仕事をしなさい」

と言う。

大日新聞社会部に籍を置く矢島健介は、いまはデスク職で、以前の一線の記者時代よりは時間の融通が利くのだが、部員の原稿チェック、とくに新米記者の原稿を読んでいるとイライラすることが多く、そのほかに紙面構成のための会議、政界や社会の事件の流れを読み取るための情報収集にと、質こそ違え、多忙に変わりはなかった。

東京本社勤めのため、両親が終の棲家とした大分県日田市にすぐ飛んでいくことは、かなり難しい。

健介の生まれ育ちは東京で、当然両親も東京の高円寺に住んでいた。それが何の理由かわからないが、突然、夫婦で日田に移り住んだのだった。当時、健介は二十九歳、大学時代から付き合っていた美里と結婚してまもなくのことだった。両親は高円寺の家を健介たちに譲ると言い、マンション暮らしから、古くはあるが一戸建てで交通の便もいい家をあてがわれて、断る理由はなく、感謝だけがあった。

両親が日田に移った理由を聞いても、二人とも口を濁すだけだった。ひとつ考えられることは、その前年に、長いこと音信不通だった父の実母に会いに、福岡に小旅行をしたことがあり、そこで何かあったのか、とも思ったが、福岡でなく、なぜ日田なのか、という疑問は残ったまま、そのこともすでに忘れてしまっていた。

妻の美里は国家公務員中級職で、いまは経産省に勤めている。多忙ではあるが、休暇は取りやすいということで、日田まで父の見舞いに行ってくれることになった。

日田から戻った美里は、

「思ったよりお元気だったわ。顔色もよかったし」

と報告してくれたので、ひと安心した。

しかし、安堵もつかの間のことだった。美里が戻った日の翌日、社員食堂で昼食をとっていたとき、スマホが震えた。画面を見ると、母の名前が表示されていた。いやな予感がして、箸を置き受話ボタンを押した。

「どうした？」

「お父さん、亡くなったのよ」

気丈な母が、電話の向こうで泣いていた。

「美里さんがきてくれたときは元気だったのよ。今朝八時ごろに病院から電話があって、容態が急変したと言うので、急いで駆けつけたの。酸素吸入器をつけられて、まだそのときは息をしていたし、私が呼びかけると、一瞬目を開いたので安心したんだけれど、そこで、ぐーっと大きないびきをかいたあと、静かになった。先生が脈をとり、瞳孔を確かめてから、ご臨終って……」

健介はすぐに飛行機を予約し、福岡空港へ飛ぶことにした。福岡空港から天神に出て、高速バスで日田に向かった。

通夜は、いたって簡素なものだった。日田に縁があるわけではないのだから仕方がない。いまは、近親者のみというのが普通になってきている事情もある。健介の妻美里と息子の周平もすぐにやってきた。周平は自宅近くの公立中学の二年生だ。学校が荒れているので、学校を休めることが嬉しいような気配が感じられた。

父の妹である瀬田美那子の顔も見えた。美那子は阿佐ヶ谷に住んでいるので、親しく交流している。母方の方は両親もすでに亡くなっており、兄弟姉妹もいない。

通夜の席には、見知らぬ人が四人混じっていた。日田に移り住んでからの知り合いかと思っていたが、そうではなかった。

母に紹介してもらった。三人は父の子どものころからの知り合いだということだった。二人は夫婦で、二人とも父の小学校からの友だちだそうだ。ということはすでに七十三歳。福岡で「ジョージ」という居酒屋を営んでいるという。夫の方は背が高く、肩幅が広い。しかも目が青みがかり、鼻筋が通り、外国人のように高い。奥さんの方は、愛嬌のある女性で好感がもてる。もう一人の女性は娘さんだと聞かされた。細い目の中に黒めがちの瞳が見える。美人だった。名前を訊くと「さき、です」と答え、早紀と漢字を教えてくれた。

通夜客のもう一人の男性は、父の幼なじみの弟さんだということだった。名刺をもらった。岩城明と書いてあった。母があとで耳打ちしてくれた。父の初恋の女性の弟さんだそうだ。堅物だった父の違った一面を見た思いがした。

葬儀も無事に済ませ、美里と周平は東京に戻ったが、健介はもう一日泊まることにした。役所関係、銀行などの手続きを母ひとりにやらせるのはしのびなかったからだ。父の妹も残り、手伝ってくれた。

父の部屋に入ってみた。十畳ほどある和室は整然としていた。父はきれい好きで、健介は子どものころ、部屋を散らかしていると、よく叱られたものだった。叱るとともに、自分で部屋に散らばる玩具をきれいに片付けてくれた。几帳面な性格だったのだが、父が営む印刷工場は、健介の部屋よりも乱雑だった。大きな機械類や、紙の束、工具類、インキ類などが散乱していた。そのとき、健介は子ども心に、仕事というものを、ぼんやりとだが理解できた気がしていた。

書棚は、印刷の歴史や技術に関するものが大半だった。小説も少しはある。歴史物が多い。父が本を読んでいるところを見たことがないので、意外な気もした。印刷技術の本を手にとって、ページをめくってみた。写真入りで、内容は健介には理解できないものだった。その本を元の場所に戻したとき、横に並んだ何冊かの本に健介の目が止まった。

『林業の歴史』『日田市の歴史』『伐採・間伐の実際』『外材と国産材』『人に優しい国産木材』

そういった、木材や林業に関する書籍だった。

日田は杉で有名な土地だ。ここに移住するに当たって、父は日田や木材、林業について知ろうとしたのかもしれない。

「何してるの？　日田の銘酒があるので、飲まない？」

母が部屋に入ってきて言った。

「それはいいな。じゃあ、少し飲んで寝るとするかな」

「そうしなさい」

「母さん」

と呼びかけると、母は「何？」と怪訝そうな表情をした。健介の言葉が強かったのかもしれない。

「親父の本棚に木材とか林業とかの本があるけど、あれは何？」

「あ、それはお父さんのじゃないのよ」

「そうなのか」

健介はわずかに落胆した。変わったものを読む父を想像して、また違う父親の顔を知ることができたと思っていたからだ。

「じゃあ、誰の？」

「小都おばあちゃんよ」

「親父は林業とか木材に興味があったのか？」

「おばあちゃんは日田の出身だったらしくてね、日田と言えば林業でしょう。だから自分をわかってもらうために渡したんじゃないの？　おばあちゃんとお父さんは長いこと音信不通だったから」

「そのことなんだけどさ。なんで犬猿の仲だったわけ？」

「いろいろと事情があったみたい。私もよく聞いてないのよ」

母はそう言ったが、瞬間視線が泳いでいたので、嘘だとわかった。

「まあ、母子といえどもいろいろあるからな。詮索しない方がいいか。すでに二人とも亡くなったんだから。天国では仲良くしてくれればいいな」

話はそこで途絶えた。と同時に、健介の頭の中に好奇心が芽生えた。

母の素振りがおかしかったこと、十五年前に何があったのか。健介が子どものころに、祖母のことなど一度も話題にのぼったことがなかったこと。

翌日の夕飯は、鯉料理の店でと提案したのは母だった。父と週に一度は訪れていたという。

「東京では食べられないわよ、とても美味しい鯉料理」

日田では車なしでは生活できないということで、母も日田に移り住んでから免許を取ったとのことだった。車は軽自動車だが、室内空間は広い。運転席に母、助手席に美那子、健介は後部座席に座った。

ものの十分も走ると川が見えてきた。

豊富な水量で、しかも川面は澄んでいる。大河のごときたたずまいで、流れがゆったりとしている。健介はウィンドウ越しに目を凝らした。

「ボート競技をここでやるのよ。去年、お父さんと見に行ったわ」

と母が言う。

「さすがに水郷の街だな」

「水がきれいなところは、すべてがきれい」

「じゃあ、母さんはここに移住して満足しているんだな」

「それは東京は便利よ。でも、便利さと住みやすさとは違うわね。最近気づいたことだけれど」

「親父に感化された？」

「それもあるかもしれない。でも、お父さんは知っての通り無口でしょう。だから、母さん自身がそう感じているのだと思う」

「いいわね」と、叔母の美那子が言った。「私もここに住みたいな」

「美那ちゃん、おいでよ。お父さんが亡くなって一人住まいはいやだなと思っているの。東京に戻ろうかなとさえ思っていたのよ。美那ちゃんがきてくれるなら、楽しいわ」

美那子は満更でもないという表情をつくり、

「私も一人だしね。子どもたちは海外から当分戻ってきそうもないし」

「そうしなさいよ」

「うん、考えておくわ」

車は川べりに立つ古びた旅館風の建物に近づいていく。「三隈荘」と書かれた看板が見えた。

「着いたわよ」

母は敷地内の駐車場に車を停車させ、エンジンを止めた。車を降りたあと、

「明日は早いの？」

と母が健介に訊いた。

「いやそうでもない。夕方までに福岡に着けばいいんだ」

「夕方の便？　何時？」

「明日は、福岡で一泊だよ」

「あらまあ。福岡なんて縁がなかったのに、どうしてまた？」

「同期が福岡支局長なんだよ。どうせ九州までやってきたのだから、そいつに会おうかと思ってね」

「それはいいことね」

健介は笑いながら頷いた。

鯉の洗いは歯ごたえがあり、くさみもなく、絶品だった。鯉こくは出汁が利いていて美味い。日本酒は

地元の日田娘という辛口で、これも鯉に合う。飲み過ぎないようにしていたが、知らぬ間に徳利が五本ほど並んだ。母も、叔母も飲める口だ。

酔いも手伝って、健介は父のことを知りたくなり、話題を振ってみた。目の前に並んで座る母と叔母は、それまでの柔和な表情を一変させた。一瞬だったのだが、健介は見逃さない。訊いてはいけないことだと思うと、逆に聞きたくなった。父のことがもちろんニュースになるはずもないのだが、知らないことがあって、誰かがそれを隠そうとしているのがわかると、とたんに職業意識が目覚める。健介は、いったん、それとは別の話題に振り、折りを見て切り込むことにした。

「弔問にきてくれた安本ご夫妻と岩城明さんは、親父の幼なじみだということだったけど、ずいぶんと長い付き合いだったんだね。ぶっきらぼうな父のことを親身に考えて接してくれた友だちがいたというのは、驚きだったけれど、俺としては、すごく嬉しかったな」

二人の表情が元に戻った。

「私も三人のことは知らないのよ。だから健ちゃんがいま言ったことは、私も同じ気持ちだわ」

「叔母さんは知ってるの？」

「知るわけないじゃない。三人とも福岡よ。私と義姉さんは東京だし」

「変だな」

健介は気づいたことを口に出した。

「何が変なの？」

「初対面には見えなかったからさ」

　と言うと、二人が再び黙った。

「言いたくないなら言わなくていい。明日福岡にいくので、安本さんご夫妻の居酒屋に寄ってみる。そこで父とのことを聞いてみようと思う。時間があれば、岩城さんにもお会いしたいな。スムーズに話が進めば、同期には断りを入れて次の機会にしてもらう」

　と言うと、

「だめよ！」

　と母が言う。

「何がだめなの？　三人と会うこと？　それとも……」

「同期の方との約束を破ることよ。その方も忙しいのでしょう。せっかくとってくれた時間を無駄にさせるのは、母さんとしてはいやだな」

「じゃあ、三人のことを話してくれよ。知ってる範囲でいいから」

目の前の二人は、日本酒で目元を朱に染めたまま頷いた。観念したようだった。

「十五年前の九月、確か中秋の名月の日だったと思うわ。健介は覚えていないかしら。お父さんと美那子さんと一緒に福岡に行ったこと」

「ああ、覚えているよ」

　母は頷いて続けた。

「お父さんのお母さんに初めて会ったの。健介のおばあちゃんね。お父さんは決して会おうとしなかった。毛嫌いしているのはわかっていたけれど、その理由なんて聞けるはずもなく、ただ、美那子さんはある程度知っていたようだけれど、お父さんが隠したがっていることを根掘り葉掘り聞き出すのはよくないと思って、別にそのころの生活に支障があるわけでもないし、黙っていたのよ。ところが、ある日一通の葉書がきてね。それはお父さんの幼なじみが亡くなったという知らせだったのだけれど、私は、おばあちゃんと再会するいいチャンスだと思ったの。そのころおばあちゃんの容態が悪いと美那子さんが知らせてくれていたのに、それでもお父さんは頑として首を縦に振らなかった」

「親父の幼なじみって誰？」

「岩城さんのお姉さん、早苗さんって言うらしいわ。お父さんの初恋の人」

「なるほどね。それをきっかけにして、おばあちゃんと父さんを会わせようとしたわけか。親父も重い腰を上げた。それはよかったじゃないか。で、福岡では、二人の関係は修復できたんだろう？　でなきゃ、おばあちゃんの実家である日田に住んだりしないしな」

「そう。すっきり誤解も解けて、仲直りしたの」

「誤解？」

再び、健介の好奇心が動いた。

「そう誤解だったのよ」

母の顔には、詳しくは話したくない、と書いてあった。横に座る叔母が、黙っている母を気遣って口を開いた。

「私が話すわ。義姉さんの気持ちもわかるけれど、健ちゃんも、もういい歳の大人よ。別に驚くことでもないと思うし、それよりも健ちゃんには、お父さんのことを知っておく権利があるわよね」

健介は黙ったまま頷いた。

叔母の話は健介を驚かせはしたが、祖父母と会ったことがないためか、大きく揺さぶられることはなかった。祖父が戦地で中国人の首を切って殺したことに耐えられず、戦後のあるときから覇気のない人間になってしまったこと。これは、戦争という極限状態の中であろうとも人を殺めることで精神を犯された祖父の人間的一面を知ってよかったと思ったし、祖母はいまでいう不倫をして父を産んだこと。それも戦争という状況が大きく左右していたのだと、むしろ清々しさを感じた。父が祖母の行為を是認したことも、尊敬できると思ったのだった。

話を聞き終わったあと、そういったことを感想として二人に伝えると、母は、伸ばしていた背筋をすっと和らげた。

「話して、気持ちが楽になったわ」

と叔母が言うと、

「私も」と母が言い、「美那子ちゃん、ありがとう」

と、美那子の横顔を見つめた。

「とても重要なことを訊くけど、親父は実の父親が誰なのか知っていたの?」

「それはよくわからない」と母は答えてから続けた。「おばあちゃんは相手の名前を言わなかったわ。しかも戦死したと嘘までついたの。それはそれでいいことだと私は思うわ。いつも真実を言うことだけが正しいとは限らないわ。お父さんに無駄な悩みの種をばらまく必要はないもの。ただ、日田での幼なじみだったとは言ったのよ。戦死したと聞いたものの、それが嘘で、実はうすうす察しはついていたのかもしれないわね。私がよくわからないと答えたのはそういう意味」

「なんか、すべてが曖昧模糊としているな」

と健介が不満げに言うと、

「おばあちゃんの相手、つまりお父さんの実の父親は、早苗さんのお父さんなのよ」

「早苗さんって、さっき話してくれた親父の初恋の人か？」

「そうよ」

「もしそうなら、親父と早苗さんは異母姉弟ということになるな」

二人とも、小さく頷いた。

「もうひとつ訊いてもいいかな」

母は少し怯えた表情をしながらも、「いいわよ」と言った。

「親父の実の父と育ての父の関係はどうだったんだ？　もちろん諍《いさか》いというか憎しみがあっただろうな。女房を奪われたのだから」

「そうでもないのよ。二人は幼なじみで戦友でもあったの。諍いなどなかったわ。お義父さんはそのことを死ぬまでひと言も愚痴ったりしなかったそうよ。心が大きかったのね」

「ありえないな」

健介は即座に否定した。

「だって、戦後もずっと二人は行動を共にしたのよ」

「行動を共にって何？」

「日田と福岡を行ったりきたり。その人は製材所の社長さんで、お義父さんはそこを手伝っていたらしいわ」

「なるほど、そういうつながりか」

納得したとき、母が妙なことを言った。

「いま私たちが住んでいるところが実家なのよ」

健介の思考が絡まって、停滞した。

「どういうことなんだ？」

「お義母さんは、自分の息子、つまりあなたのお父さんと仲直りしたあと、安堵したのか、急に惚けが始まってね。お父さんはその後も一人で福岡のお義母さんを見舞いに行っていたのよ。そのとき、日田の家が空き家になっているから住んでくれないかと言われたらしいの」

「日田の家というのが、いま母さんが住んでいるところか？　何か複雑だけど、つまり、父さんの実の父親が罪滅ぼしに家を与えたということか？」

「かもしれない」

と、母は歯切れが悪い。

「まあいいや。つまり、おじいちゃんの戦友からもらい受けたその日田の家を父さんが継いだということだな」

「そういうことね」

と、母は頷いた。

「さっき、おじいちゃんは心が広かったって言ったけど、そう簡単にわだかまりが溶けるものかな？」

「戦友意識の方が強かったのかもね」

「そういうものかな」

健介は、その意見にも懐疑的だった。そう簡単に許すものだろうか。

健介の気持ちに気づくことなく、母はまた話し始めた。

「岩城さんは日田で大きな製材所をしていたって、さっき言ったわよね。復員したときはお兄さんが跡を継いだらしいの。でもそのお兄さんが急病で亡くなってからは、岩城さんが推されて社長になったそうよ。人柄もよく、仕事もこなせる人だったみたい。木材の団体の長で活躍したり、確か県会議員にもなったのよね」

と母が言うと、横に座っている叔母が、

「それは違うわ。議員にという誘いはあったらしいけれど、断ったそうよ。何か、いろいろ問題があったって母が言ってたわ」

と言った。

「問題って、何？」

と訊くと、

「よくは知らないけれど、木材輸入自由化で日本の林業が廃れていったらしいのね。それに関係することらしいわ」

話は尽きない。かなりの酒量だったが、二人とも酔っているようには見えない。いやな話ではないし、知らない時代や人について想像を交えながら回顧することは楽しいことでもある。ただ、肉親であり、辛い事情もあるのだから、悲喜相半ばという複雑な酒席だった。

店の人が車で家まで送ってくれた。母の車は明日にでも引き取りにいくことになる。

健介は、父の部屋に布団を敷いてもらった。

隣室から寝息が漏れ始めた。逆に健介は頭が冴えて眠れない。

父に殴られたときのことを思い出した。喧嘩ばかりしていた子どものころ、どういう喧嘩なのかを父はいつも問いただした。口だけは達者だった健介は、喧嘩にいたった経緯をいつも話してきかせた。父は聞いているだけだった。聞き終わったあと、父は黙したまま健介のいがぐり頭をなでた。

唯一父に殴られたのは、いつものように喧嘩になった理由を話し終えたあと、父の大きな右手が伸びてきたので、頭を撫でてもらえるのだと期待していた。父の右手がいつものように開いていないことに気づいたときはすでに遅かった。石のように硬い父の鉄拳が健介の顔面に飛んできて、鼻血が噴き出した。

非は健介にあった。内容は覚えていないが、かすかな記憶では、差別的な言葉を相手に投げつけたことから喧嘩になったのだと思う。それが、同和だったか在日だったかは覚えていないが、どこかで聞いて覚えた、意味も知らない言葉を相手に投げつけ、とっくみあいの喧嘩になったのだった。

健介は布団から起き出して、再度、父の書棚を見た。木材、林業関係の書籍を取り出し、枕元に置いた。これは借りていこう。

ざっと目を通してわかったことは、国産の木材の優秀性だった。優秀だったにもかかわらず、日本の林業は廃れていった。それは外国から安い木材が入ってきたからだ。

日本は外圧によって、国内政策の大きな柱を転換してきた。エネルギーが典型で、石炭から石油中心に政策転換してから各地の炭鉱は閉山に追い込まれ、失業者が増えた。

木材も同じだ。外国産木材の輸入量を増やした。では、どの程度の打撃を受けたのか。明日にでも、そのあたりの事情を調べてみよう。ネットで検索すればある程度のことはわかる。

いや、それよりも林業従事者に話を聞くのが手っ取り早いし、詳しく知ることができる。思いついたのは「岩城製材」だった。祖父のことも聞くことができるかも知れない。

2

「岩城製材はずいぶん前になくなったのよ」

朝方、朝食を食べているときに、母はそう言った。

「じゃあ、やはり通夜にきてくれた福岡の岩城さんに会ってみるしかないな」

「お父さんのことは昨夜話したでしょう。もうそのことはいいんじゃないの」

「いや、少し気になることがあるもんだから、親父のことじゃないよ。林業とか木材とかのこと。昨夜眠れないもんだから、親父の書棚から林業関係の本をぱらぱらめくっていたら、輸入木材のために国産材が廃れたと書かれてあったからね。それが気になったんだ」

「仕事なら仕方がないわね」

母も納得してくれた。

「あ、そうだ！」

と母が声のトーンを上げた。

「役に立つかどうかわからないけど、日田のことが書かれた資料を持っているわ。探してみて、送るわよ」

「どんな資料？」

「日田と日田の林業、木材輸入自由化のこと、いまの日田の現状について、とかね。コンパクトに書かれてあるのでわかりやすいわよ」

「それはありがたい」

母が、車でバスターミナルまで送ってくれた。

天神のバスセンターに着いてからすぐに福岡支局長の諸永宏に電話を入れ、もしかしたら会えないかもしれないと伝えた。諸永は快く了承してくれた。


岩城の家には母が前もって連絡を入れてくれていた。

西鉄電車で白木原《しらきばる》という駅で降りると、通夜のときと同じ笑顔が出迎えてくれた。

「きょうはお泊まりですか」

「はい。実は仕事関係の同期と飲むことにしていたのですが、林業のことや、父のことをいろいろ知りたいなと思いましてね。岩城さんにお話を聞かせていただければと思いまして」

「私では役不足かとは思いますが、知ってる範囲でお話しします」

岩城明は、岩城智也の息子で末っ子ということだった。いま六十七歳。姉の早苗は六歳離れていて、十五年前に病死したのだと言う。その口ぶりからすると、岩城明は健介が昨夜母から聞いた真相については知らされていないようだ。

「ご実家はお兄さんが継がれたのですね」

「はい。順当に」

「で、岩城さんとお姉さんの早苗さんお二人は日田を出られて、福岡に生活基盤を持たれたということでしょうか」

「父は二重生活しておりましたので……」

「え？　どういうことです？」

思わず声のトーンが上がった。しかし、岩城明は別段驚くこともなく丁寧に説明してくれた。

「父は終戦間近に臨時召集されたのですが、待機中に終戦になりましてね、まあ命拾いしたというわけです。南方に行っていたら、まず生きて帰ることはなかったでしょうから」

「それは幸運でしたね」

「はい」岩城明は答えたあと、続けた。

「つてを頼って福岡の商社に勤め始めたそうです。母と姉も日田から呼び寄せ、ここに家を買って住んでいたのですが、父の兄が急死しましてね、後継として岩城製材所の社長に就任せざるを得なかったということです。私が生まれたこともあり、姉もこちらに慣れていたので、父は単身赴任の形で日田に住み、週末にこちらに戻るという生活でした」

　父の実父であると思われる岩城智也の輪郭がぼんやりとわかったが、あくまで履歴書を見せてもらった

レベルでしかない。それに肝心要の、父を育ててくれた矢島泰介については、まだ聞いていない。話題を変えようと、

「岩城さんは、私の祖父と会われたことはありますか？」

と訊くと、聞こえなかったのか、

「父は豪放な性格でして、経営者としても才能があったようですし、人望もありました」

と、健介の質問を無視した。耳が遠いのかもしれない。

「でも、才能や人望だけで商売がうまくいくとは限りません。徐々に売上が減ってきて、銀行に見放されました。日田杉は日本三大杉として評価されていたのですが、それでも、やっていけないのですから。父は頑張ったと思います。資産を金に換えて、従業員に十分な退職金を出して、会社をたたみました。身内自慢はいやですが、父は偉かったと思います」

健介は、潮時だと思った。長居してしまいましたと告げ、腰を上げた。

「せっかくならお泊まりいただいて、ゆっくりお話したいところですが、お友だちとの約束では仕方がありませんね。健介さんのおじいさまのお話は、またの機会ということにいたしましょう」

なんだ、聞こえていたのか。それよりも自分の父のことを語りたかったのだなと、それはそれで悪くはない。豪放な性格で人望もあった岩城智也。健介の実の祖父なのだから、褒め言葉を聞いて、健介の気持ちは軽くなった。

西鉄電車に乗ってひと駅、春日原駅で降りた。

「居酒屋ジョージ」はすぐに見つけることができた。大きいが古びた看板に「ジョージ」と木彫りされて

いるので目立つ。

暖簾をくぐるとカウンターのなかで洗いものをしていた早紀が顔を上げ驚いた表情をしたが、すぐに笑顔に変わり、

「きていただいたのですね。すぐに父に電話しますね。喜びますよ」

と言い、奥に姿を消した。

カウンターの奥の棚に写真立てがあるのに気づいて、そこに写った二人の男女を見ると、安本夫妻の若いころの写真だとわかった。

しばらくして再び現れた早紀は、

「父はもうすぐきます。とても嬉しそうでした」

と言い、ビールの栓を抜いた。

早紀は紺がすりの着物に着替えていた。ビールを喉に流し込んだとき、うしろのドアが開く音がした。

健介はゆっくりと振り返った。

安本譲二が立っていた。

健介は椅子から腰を上げ、深々と頭を下げた。

「通夜、葬儀とお世話になり、ありがとうございました。父も喜んでいることと思います」

「ようきてくれたね。堅苦しい話はなしで飲もう」

「はい」

健介は椅子に座り直した。横の椅子に座った安本は、

「早紀、父ちゃんにもビール」

乾杯したあと、安本が言った。

「しかし、あんたは偉くなったんだね。お父さんも鼻高々だったことだろうね」

「偉くはないです。毎日あくせくと働いています。上司に楯突いてばかりなので、まず出世はしないです」

「性格はお父さん似かな」

「そうみたいです。母はおっとりしてますしね。父は口より手が先に出るタイプでしたから」

「そうそう」と譲二は嬉しそうに笑い続けた。「あんたのお父ちゃんとは、昔、よくつるんで他校のやつらと喧嘩したよ。負けたことはない」

やはりそうだったのか。健介が父に殴られたのは一度だけ。無口ではあるが、仕事仲間や従業員に対してはかなり気を遣う父だった。「口より手が先に」と言ったのは、父の昔の姿を知りたいと思って、かまをかけてみたのだが、それが見事に当たってしまった。

健介が黙り込んだのを見て慌てたのか、安本は、

「それでも、警察沙汰になるようなことはせんかった。いつも弱い方の味方でね。その血があんたに流れて、正義の新聞記者になったということだね」

と、とってつけたように言った。

正義かどうかはわからないが、確かに不正に対する嫌悪感は強い。それが父ゆずりだとするなら、それはありがたいＤＮＡをもらったと喜ぶべきだろう。

「先ほど、岩城さんとお会いしてきたんです」

「ああ、そうだったんだ」

「安本さんは、私の祖父に会われたことはありますか」

「何度か会ったことはあるが、話したことはないね。ほとんどしゃべらない人だった」

「戦争で中国にいたそうなんです。そこで、岩城さんのお父さんと戦友だったと聞きました」

「それは知らなかった」

安本の声のトーンが落ちた。健介に気を遣ってくれているのだと思った。

「父の生い立ちについては、母から詳しく聞いています。父と祖父が実の親子関係ではないことも」

安本は黙った。

「そのことは気にはしていないのです。父の怒りも理解できるし、祖父と祖母の事情も聞いて納得しました。父も祖母を許したと聞きましたので、やはり大きな心の人間だったのだと、誇らしく思っています。戦争という背景があったことが影響しているのでしょうが、そういう状況の中で、むしろ人間的な行いだったと思います」

安本は黙ったまま頷いた。

「わからないことがあります。父の実の父親と育ての父親が仲違いもせずにずっと行き来していたということですが、私にはそれが不思議なのです。不思議というより、ありえないことだと思ってしまいます。複雑な関係をゼロにしてしまうような強烈な絆が二人の間にあったのなら話は別ですが」

するとようやく、安本が口を開いた。

「いつ死ぬかわからん中で同じ釜の飯を食えば、そういう仲になると思う」

「戦友意識はわかるのですが、それだけで仲違いせずに付き合っていたというのが理解できないんです」

安本が黙ってしまったので、健介は続けた。

「私には祖父が二人いるということになるのですが、では、祖父たちはどういう思いで子どもや孫たちのことを考えていたのか。それが少しでもわかれば、二人の祖父を持つ孫の私は、すっきりすると思うのですが、なにしろ、二人とも亡くなっているので、知る術がありません」

「そうやね」と頷いた安本は、「あ」と声を出した。

「佐伯先生に聞いてみるといいよ」

「どなたです？」

「岩城さんと親友で、あんたのお父さんの恩師。いまは沖縄におられる」

「住所はわかりますか？」

「岩城さんが知っていると思う」

安本はすぐに携帯を取り出して、岩城明に電話をかけてくれた。カウンターに置いてある新聞チラシの裏にメモ書きしていく。

電話を切ったあと、そのメモ書きを健介に手渡した。

「沖縄にいくのも大変かもしれんね」

「機会をつくって行ってみたいと思います」

安本と話している間、早紀は奥の部屋にいたようだった。当然聞こえていたのだろう。話し終えたあと、顔を出して、

「ビールが切れてしまったわ」

と言い、冷蔵庫から冷酒を出して、グラスを三つ並べた。

「仕切り直しだ。乾杯」

と安本が言うと、早紀もグラスを高く上げた。

後ろのドアが開く音が聞こえた。

「遅かったやなかか」

安本が言う。

振り向くと、春子が笑顔で立っていた。

「ようきてくれましたね」

健介は椅子から下り、頭を下げて葬儀のときの礼を言うと、春子は、

「早すぎました。まだまだ楽しい人生を送ってもらいたかった」

と、しんみりした口調で言う。

横から、安本が、

「なんば言いようとや！　裕一は人生ばまっとうしたとたい。それでよかと」

「なんか後悔があったとやないかと思って」

「そんなことはない。子どもたちも元気に育ったし、優しい奥さんにも恵まれた。昔から、あいつは運がよかった」

「それは、そうたい、あんたと違《ちご》うて裕一さんは人徳があったけんね」

場の雰囲気がなごんだ。

しかし、健介にはひとつひっかかるものがあった。

「あの」

と横から話に割り込むと、

「あ、冷酒がなくなっとるね」

「いえ、それではなくて。先ほど、子どもたち、とおっしゃいましたか？」

と訊くと、安本は表情を変えずに、

「そんなこと言うたか？」

聞き違えたようだ。健介はいらぬ想像をしてしまったのだ。父の子どもは健介ひとりだ。父が浮気して外に子どもをつくったとは考えにくい。父は無骨で不器用だし、母との仲も良かった。記憶の中でも父が外に女をつくって母との間で諍いがあったことはない。

聞き間違えでした、と言おうとしたとき、春子が健介の身体全体を上から下まで見たあと、

「裕一さんの生まれ変わりみたいやね。顔はちょっと違うけど、背格好はそっくり」

健介が父親似であることは、ほとんどの人に指摘されていた。身長百八十三センチと全く同じで、体重こそ、健介の方が少ないが、顔の造作も、四角い顔に目、鼻、口、耳のそれぞれの部品が大きく、顎が太く、眉毛が濃い。子どものころから、女性に好かれたことはない。

そんな話をすると、みんなが笑った。

「でも、いい奥さんを見つけたから、よかった」

「蓼食う虫も好き好き、です」

「そんなことないよ」と安本は言い、「俺みたいにバタ臭い顔をしてても、女性は誰も相手にしてくれんかった」

「そうなのよ。この人、全然もてんかった」

と春子が言うと、再びみんなが笑った。

早紀が早めに店じまいをして、四人で外に出た。いき先を訊くと、

「御笠川に行ってみよう」

と安本が言った。

日が沈んでいた。星空を眺める。夜風が流れていく。

いつの間にか川にかかる橋にさしかかっていた。

「ここを渡ってしばらく東に歩くと早苗の実家に出るよ」

「早苗さん……」

「岩城さんのお姉さんでね。十五年前にあんたのお父ちゃんがここにきたのは、早苗の仏壇にお線香をあげるためだった」

「昔話はせんでいいよ」

と春子は安本を制したあと、橋の欄干に寄りかかって下を見つめたまま動かなくなった。安本が彼女の右側に寄り添って同じように川面に視線を据えた。健介は少し離れた場所にたたずんだ。近くを走る国道三号線から流れてくる喧騒を洗い流すように川のせせらぎが裕一の耳に忍び込んでくる。ネオンを反射し

てきらきらと輝く川面に、健介は懐かしさを感じた。

「十五年前も同じだった」

「……？」

「あんたのお父ちゃんは早苗が亡くなったと知って、すっ飛んできたけど、涙ひとつ見せんかった。偉いやつだと俺は思うた」

そのとき、むせび泣きが聞こえてきた。右の方を見ると、少し離れたところで川面を見ている早紀が泣いていた。春子が走り寄って、早紀の肩を抱いた。安本は黙ったまま、川面をじっと見つめている。

3

東京に戻った健介は、たまった仕事を大急ぎで済ませたあと、佐伯荘三郎に電話を入れた。

佐伯は高齢のためか、話し方がゆっくりしており、ときおり聞き取れないこともあったが、矢島裕一の息子だと言うと、嬉しさと懐かしさが一気にやってきたかのように饒舌になった。

一度お会いしたいと言うので、健介としては願ったりのこと、この感じだと、貴重な話が聞けそうだと期待がふくらんだ。同時に佐伯の年齢を考えると、不謹慎ながら早く沖縄に飛んだ方がいいと思い始めた。

その日の夜、美里にそのことを話すと、「辺野古で近々ひと波乱あるでしょう」と言う。

「それにかこつけて行くか」

「辺野古レポート書けばいいじゃないの」

と言う。辺野古には何度も行った。体験ルポを書いたが大半を削られた。しかも最も主張したかった重要な部分を狙い打ちするかのように削られたのだ。健介は腹が立ったので、知り合いの週刊誌記者に提供した。週刊誌は部数が伸び、記者は金一封をもらった。健介の記事を削った上司は、何も言わなかった。

日程を考えていると、美里は立ち上がって自分の書斎に消えた。しばらくすると、手に紙片を持って現れ、

「これ、参考になるかしら」

と渡してくれたものに、ざっと目を通すと、大変興味深い資料だった。

「さすが経産省職員だな。こんな昔の資料まで保存してるのか。持ち出して大丈夫か？」

「単なる記録よ。国会図書館のマイクロフィルムでも読むことができる程度のもの。ネットにもあるかもしれないわ」

昭和四十四年（一九六九年）の第六十一回国会本会議「林業基本法に基づく昭和四十三年次報告及び昭和四十四年度林業施策について」。

タイトルのあとに、国会審議の模様が一字一句すべて書かれてある。

木材輸入自由化がスタートしたのが一九五五年。そして九年後の一九六四年に完全自由化となった。

美里がコピーしてくれた資料は、つまり完全自由化の五年後の国会審議ということになる。自由化によって国内の林業はどのように変化したのか。

健介は、読み進めた。

国会審議での与党と野党のやりとりはいまも昔もそれほど変わらない。野党の質問は舌鋒鋭く、与党は

淡々と官僚的言辞で回答する。

質問者は日本社会党の鶴園哲夫。鶴園は具体的な数字を駆使しながら、国内林業の凋落を指摘している。

例えば、こういう指摘だ。


――日本は林野面積が国土総面積の六八％を占め、世界有数の林野率を持った山林国であります。その日本が、これまた世界第一位の木材輸入国に転落したのであります。林業に危機が叫ばれ、林業基本問題が熱心に論議されました十年ほど前は、木材の自給率は九〇％前後でありましたが、それが今日では五七％に凋落しました。三年のうちに、自給率は五〇％を割ると誰しも推測するところであります。自由化された木材は、まさに奔流のごとく日本に輸入されています。にもかかわらず、木材価格の騰貴は、はなはだしいものがあります。林業労働力の流出はますます林業の深刻な問題になりました。（中略）林業基本法林政は全く効果がなかっただけではなく、日本の林業をますます憂慮すべき深刻な事態に追い込んだのではないでしょうか。


健介は、読み終えてから、ソファに背中をあずけた。

「どうだった？」

美里が訊く。

「国会審議で、昔の与党はそれなりに真剣に回答している」

「そういういつもの不満はいいわ。中身はどうなのよ」

「外国産木材の輸入自由化が決まったころの国会審議を知りたいな。それと、反対運動がどの程度あったのか」

「調べてみるわ。でも、それって、おじいちゃんのことと関係ないでしょう」

「もちろん関係はない。職業的好奇心さ」

「いまにつながる源流みたいなものよね」

「そう、それだよ」


翌日、日田に住む母に電話を入れた。変わりはないと、声も張りがあり元気そうだったので安心した。岩城と安本夫妻に会ったこと、佐伯先生というのが、祖父や岩城さんの父親と親友だったと聞き、連絡をとったことなどを母に伝えた。母は、佐伯先生のことを「特攻隊に志願したんだけれど、飛び立つ日の前日に終戦になっちゃったそうなの。そういう経験が戦後どう生かされたのかはわからないけれど、お父さんの恩人であることは確かよ」と言った。

「そういう体験の持ち主なのか。ますます会いたくなったな。沖縄に行って話してくる」

「仕事は大丈夫なの？」

「仕事の一環だよ」

東京に戻ってこないか、と母に言ってみたが、戻るつもりはないと言う。

「住みやすくていいところ。あなたも定年になったら、こちらに住めばいいわ」

「そうしよう」

と、健介は笑って答えた。

「ところで、話していた資料をメールで送ったわよ。日田のことや林業のことがわかりやすく書かれてあるわ。お節介かもしれないけれど、まあ参考にしてね」

電話を切って、母からのメールに添付されていた資料をプリントアウトして、健介は読み始めた。

――先人は『文明の前には森林があり、文明の後には砂漠が残る』という言葉を残している。我々日本人も長い歴史の中で森や木のおかげで豊かな生活や産業文化を築いてきた。化石燃料と違って、木は切っては植え、と繰り返すことができる、枯渇しない資源である。植林の歴史が昔からあるのは中欧と日本ぐらいだと言われている。


こういった出だしで始まったその資料は、日田市の外観、林業の歴史、林業への行政の取り組みなどが書かれてあり、それはそれなりに健介にとって新たな知識として頭に組み込むことができたが、何しろ退屈なので、数字などを斜め読みしていった。

途中から伐採や木出しの方法について触れられており、写真が入っていることもあり、興味を持って読み進めた。

「木出し」というのは、伐採した杉を山奥から車道に搬送する作業のことだという。架線《ケーブル》を使うそうだ。重機が入らない山奥や急峻な斜面、大径木《だいけいぼく》の搬出は架線に頼らざるを得ない。架線や木出し現場の写真もあり、迫力満点だ。そして、架線を張り巡らせる作業がひとつの技であり、決してマニュアル化できないというところに健介は木材業の神髄を見た思いがした。

マニュアル化できない理由は、ひとつとして同じ地形がなく、山の高さ、形状、杉の密集度、林道の位置、すべての条件が違っているからだという。

健介はこういった職人芸について見聞きするのが好きなのだ。

次のページを繰ると「木材輸入自由化」という見出しが目に入った。この部分こそが健介が求めていた記述だった。


――日田林業の動向は、日本の林業政策と軌を一《いっ》にしている。ここで昭和に入ってからの国内林業政策について俯瞰してみたい。

昭和に入っても林業の勢いは衰えなかった。戦時中は乱伐（無計画に山林の木を伐採すること）によって森林が荒廃し、供給が追いつかず高騰を続けた。

朝鮮戦争特需の恩恵にも浴した。政府は造林を奨励するために「拡大造林政策」をとった。「拡大造林」というのは、主に広葉樹からなる天然林を伐採した跡地や原野などを、針葉樹中心の人工林（育成林）に置き換えることである。伐採跡地への造林をはじめ、里山の雑木林、さらには奥山の天然林などを伐採し、代わりにスギ、ヒノキ、カラマツ、アカマツなど、成長が比較的早く、経済的に価値の高い針葉樹の人工林に置き換えていった。

こうして拡大造林は急速に進み、スギやヒノキの木材価格は需要増加に伴い急騰し、木を植えることは銀行に貯金することより価値のあることのように言われた。いわゆる「造林ブーム」である。

　このように政府によって保護されてきた林業に逆境のときが訪れる。木材の輸入自由化である。昭和三十年代、木材の需要を賄うべく木材輸入の自由化が段階的にスタートし、昭和三十九年に全面自由化となった。国産材の価格が高騰する一方で、外材（外国産の木材）の輸入が本格的に始まった。外材は国産材と比べて安く、かつ大量のロットで安定的に供給できるメリットがあるため、需要が伸び、輸入量は年々増えていった。変動相場制への移行と円高の進展が外材の国内流入に拍車をかけた。

　そして、昭和五十五年をピークに国産材の価格は落ち続け、日本の林業経営は苦しくなっていった。

　読み終わってから母にもう一度電話を入れた。

「日田の歴史がよくわかったよ。それと林業の実際、というか杉伐採の方法とかとても興味深いね」

「あら、そこなの？」

「え？」

「健介は木材輸入自由化に興味を示すかなと母さんは思ったものだから」

「もちろん興味あるよ。美里に頼んで、そのころの国会審議の資料を頼んだりしているし」

　とそこまで言ったあと、

「この資料の作者、中山甲山って人はもう亡くなっているの？」

「生きてらっしゃるわよ。甲山というのは、いわゆるペンネームね。本名は中山一郎っておっしゃる人」

「老人クラブの友だち？　それとも趣味の会とか？」

「失礼しちゃうわね。まだ老人クラブには入ってないわよ」

と母は笑い、

「趣味の会は当たっているわ、でも、それ以上の関係があるのよ。中山一郎さんは、健介のおばあちゃんの弟さんに当たる人」

「おばあちゃんというのは〈矢島こと〉って名前だったっけ？　確か小さい都って書くんだよな。いい名前だ」

「よく覚えていたわね。おばあちゃんの旧姓は中山なの」

「一郎さんは話ができるくらい元気なのかい？」

「九十過ぎてらっしゃるけれど、頭も身体もしっかりしているわ」

「会ってみたいな。仕事は、あの論文にあったように、林業関係者？」

「そうよ。森林組合にお勤めだったそうよ」

健介は、幸運を感じた。木材自由化という嵐の中で、具体的にどのような動きがあったのか知りたかったのだ。美里が国会審議の資料を持ってきてくれることになっているが、反対運動まで審議されたとは思えない。炭鉱閉山や原発事故訴訟などと違って、マスコミを賑わせた記憶もない。

「ぜひ紹介して欲しいな」

「いいわよ。いつだったらいいの？」

「明後日、沖縄にいく予定なんだ。ほら例の佐伯先生に会うんだ。その帰りに時間がとれたら、そちらにまわれるかもしれない」

「わかったわ。決まったら電話ちょうだい。一郎さんに話しておくわ」

二日後、羽田から那覇に向かった。那覇空港でレンタカーを借り、佐伯が住む名護市まで走らせた。家は手狭なのでという理由で、佐伯は「ブセナテラス」というホテルのラウンジを指定してきた。「ブセナ」まで二時間かからずに着いた。

ブセナテラスの別館に車を停めた。広い敷地に優雅な建物が建っている。優雅というのは、「整然」と真逆の美しさだと健介は思った。このホテルは二十一年前にオープンしたホテルだ。三年後に「九州・沖縄サミット」が開かれ、当時の森喜朗総理、クリントン、シラク、プーチンなどが列席した。つまり、このホテルはサミット用につくられたのだろう。

周囲はビーチで、沖縄独特の白い砂浜とエメラルドグリーンの海。沖縄にくるといつも思うのだが、目の保養になるだけでなく、都会の殺伐さから解放され、汚れた心が浄化されていくのを意識する。

ラウンジがいくつもあり、さてどのラウンジかと思いながら歩いていると、後ろから声を掛けられた。

振り向くと、顔中に皺を刻んだ、褐色の男が立っていた。

「健介さんだね？」

健介は、頭を下げた。

「わざわざお時間をとっていただいて、ありがとうございます」

「しかし、あんたはお父さんに瓜二つだな。背格好、体格、顔、すべて裕一の生まれ変わりだ」

佐伯のあとについて少し歩き、ひときわ広いラウンジに入り、ビーチが臨めるオープンゾーンに陣取った。

コーヒーを頼み、しばらく佐伯の質問に答える形で、いまの仕事のことを話した。佐伯は、ときおり質問を挟むが、ほとんどの時間は笑みを浮かべて健介の話に耳を傾けていた。

健介の話が終わると、佐伯は、ひとつ咳払いをしたあと、

「では、本題に入りましょうか」

と言った。

佐伯は、岩城智也と矢島泰介から聞いたことだと前置きして、満洲の戦地でのことから話し始めた。

第三章　異国に点る光

1

盧溝橋事件を契機として日中戦争が勃発した年、矢島泰介は召集令状を受けて、戦地に赴いた。

身長だけは平均的だったが、生まれつき線の細い身体なので村の噂では長生きしないだろうと思われていた。若くして労咳《ろうがい》で死んでしまう。お国の役には立たないと陰口をたたかれていたことも知っていた。だから徴兵検査でまさか甲種合格になるとは思いもしなかった。

理由は簡単だった。徴兵検査の検査官は、父の知り合いの軍人だったからだ。かすかに笑みをこぼしながら、他人を装い、いくつか質問したあと、「甲種合格！」と告げたのだった。喜ばせようとしたことは理解できたが、泰介にとっては、不運以外の何ものでもなかったのだ。

体つきがひ弱であるだけでなく、気も弱い。軍事教練でも、木銃の扱いがへっぴり腰だと笑われ、殴られていたのに、軍人などになれるのか。しかも、支那人を銃剣で刺し殺すことなどできるのか？

それでも、甲種合格となれば、戦地に赴かないといけない。気持ちは塞いだが、非国民扱いを受けることが怖くて、できるだけ胸を張っていた。

いまでも思い出す。

役場の職員が召集令状を持ってきたとき、泰介は予期していたことなので、さして驚くことはなかった。妻となって日が浅い小都は赤紙を見たとたん、「ばんざい！」と叫んだものの、徐々に目が真っ赤になったのを泰介は見て見ぬふりをした。

小都と離ればなれとなり、そのまま死に別れとなるかもしれない。生まれた時代を間違ったと愚痴をこぼしたくなるのを抑えた。

二等兵は殴られることが仕事のようなものだった。上官は身長で泰介より十五センチは低いが、がっちりした体格の男だった。柔道が得意で、殴ることより、足を払って床にたたきつけることが多かった。足は腫れ、しばらく歩けない初年兵も多かった。そういうときは、上官はさらに凶暴になって、腫れた足を狙い澄ませて蹴るのだった。

その上官は、重慶占拠を間近に控えた戦闘で、流れ弾に当たって死んだ。匍匐前進を続ける我々を叱咤するために突然立ち上がったとき、敵の弾を頭に受け、即死だった。

不謹慎だが、泰介は胸の内で喜んだ。他の初年兵たちも同じ気持ちであることは、表情を見ていればわかる。

次の上官に期待をかけたが、状況はさらに悪くなった。

支那人の捕虜を処刑する日がやってきた。

初年兵三人で、早朝からスコップで穴掘りをさせられた。支那人の死体を埋める穴だ。ただ掘るだけだと思っていたし、実際穴掘りが終われば、処刑は別の者がやることが習わしとなっていた。ところが、忌まわしいことが起こったのだった。新しい上官は背丈も目方もある大男で、赤黒い顔に鷲鼻、眉は太く、目が細い。ほとんど瞳が見えないほどの細い切れ目からは、陰険な眼差しがときおり見える。しかもその視線はなぜか泰介に向かうことが多かった。日頃から無口で覇気がないと思われていたのか、はたまた別の理由なのか、泰介にはにらまれる理由が皆目わからない。

「矢島二等兵！」

大声で呼ばれたのは、穴掘りがほとんど終わりかけたときだった。あっけにとられて、返事を忘れていると、ビンタが飛んできた。

「上官をなめとるのかっ！」

「いえ」

「なぜ返事をしないのだ？」

答えを言い淀んでいると、今度は拳が飛んできて、泰介の身体はよろけ、踏ん張りが利かないまま、自分が掘った穴の中に落ちた。

「それでも帝国軍人か！　恥を知れ！」

と上官は、地べたにペッと唾を吐いたあと、

「お前が殺れ」

と泰介に言った。

耳を疑った。穴掘りと首切りは役割が違う。穴掘り役だったので内心安心していたのだ。というのも、

きょう斬首される予定の捕虜とは何度か話したことがあり、そのとき身の上話まで聞かされていたのだから、とうてい自分には彼の首を切るなどできはしない。泰介が黙っていると、上官は日本刀を差し出し、

「殺れ！」と言った。

支那人は穴の手前に正座させられ、目隠しがなされている。ぶるぶる震えているのを見ると、とてもじゃないが、やはり無理だ。

躊躇する泰介に業を煮やした上官は、軍靴をわざと音を立てながら歩いてきて、

「貴様！」

と言い、再びげんこつを泰介の左頬にみまった。次に右頬にこぶしが飛んできた。泰介は歯を食いしばって耐えた。

そのうち、泰介の気持ちに変化が現れた。殺意がわき上がったのだ。捕虜に対してではなく、上官に対しての殺意だ。この上官を殺したい。そんなことをすれば当然泰介も死刑だ。渡された日本刀をじっと見た。斬首予定の捕虜の奥さんのお腹の中には小さな命が宿っている。捕虜は戦争が終わり、生まれてくる自分の子を早く抱きたいといつも言っていた。この捕虜を泰介が斬首すれば、一生悔いが残る。それならいっそのこと自分の命と引き換える方が楽だと思った。

泰介は決心した。日本刀を鞘から抜いた。上官は右手にいる。斬首予定の捕虜の真後ろだ。泰介の気持ちがすっと軽くなった。日本刀の柄を両手で握り、深呼吸をし、歩を進めた。上官との距離が近づく。

そのとき、

「貴様！」

と声がして、泰介は殴打され身体がすっ飛んだ。すごい力の持ち主だ。どこの誰だろうと目を開けて見ようとするが見えない。殴られて目が腫れ上がってしまい見えないのだ。

再び鉄拳が顔に前から横から飛んできた。顔が痛みを通り越して熱い。容赦なく飛んでくる拳を黙って受けながら、泰介は耐えるしかなかった。

「こいつはだめだ！　別の者に殺らせろ」

と男が言った。

「はっ、岩城少尉、どういたしましょう」

と、上官が言ったとき、泰介は細い目を開いて目の前にいる男を見た。

幼なじみの岩城智也だった。

智やん、と声を出そうとしたとき、岩城少尉は平手で泰介にビンタをし、

「じゃまだ、どけ」

と言った。

泰介は言われるままに周囲に群がる戦友たちの輪に交じった。

岩城智也は、泰介に命令した上官に対して、

「あんなふぬけた奴に処刑させるな。大日本帝国の恥だ！」

と言った。

上官は、「はい！」と敬礼し、

「山田、お前が殺れ」

と、泰介と同じ初年兵に命令した。

山田は日本刀を受け取ると、俊敏に捕虜のところに走り、さっと上段に構えた。

「やめろ！」智也の声だった。「捕虜斬首の許可など出ていないはずだ。好き勝手な行動を続けると、軍法会議にかけるぞ。責任者は誰だ」

「私であります」

一歩前に出た上官が言った。

「お前の処遇については参謀本部に諮る。命令が出るまで待機しろ」

「はっ」と敬礼する上官は、相当腹が立ったのか、泰介の方につかつかと歩いてくるや、首根っこを摑んで、みんなの前に立たせた。

「足を開け！」

泰介が言われる通りにすると、上官は木銃を取りだし、泰介の胸の前に構えた。

突かれる！　泰介の背中に恐怖がせり上がる。

上官は、木銃を後ろに大きく引くと、

「やっ」

とかけ声を上げ、泰介の胸に迫ってきた。

「やめろ！」

と大きな声がした。

岩城智也の声だった。

「ふぬけに、大事な木銃など使うな」

と言うが早いか、泰介の前に走り寄り、往復ビンタを食らわせた。

「こいつには、この程度で十分だ」

と言い、すたすたと営舎に戻っていく。

2

星が降ってくる。

遠くに見える大興安嶺《だいこうあんれい》の白い頂《いただき》が輝いている。

ぬかるみ続く行軍で疲れ果てた身体を癒やしてくれるのは、満天の星と広大な山並みだけだった。

歩哨に立った泰介は、日本では見られない広大な満洲の地を眺め続ける。

きょうは、ひどい目にあった。泰介の顔はいまなお原型を留めないほど歪んでいるのが自覚できる。顔全体が熱を帯びている。鼻骨がうずく。

しかし、人殺しをしなくてよかったと泰介は思った。どこにいても苦しさ、辛さはある。戦争そのものが邪悪でしかないと思っている自分が、どうして人殺しなどできようか。

それにしても、智也が同じ戦線にいたとは！

岩城智也は尋常小学校の同級生で、十一歳まで一緒だった。妻となった小都と三人で杉林や三隈川で遊んだ。智也は泰介と違って勉強ができ、運動神経もよかった。旧制中学校に進んだことは知っている。噂では、その後は大学予科に進んだと聞いた。一方、泰介は小学校高等科を十五歳で出てから日田の漆器工場に奉公に出た。

親戚が福岡の大野村で農業を営んでおり、手が足りないからと手伝いに行ったり、日田に戻って杉伐採の手伝いをしたりと、安定しない生活を続けたのだった。手先が器用で、言われたことに真面目に取り組むので、みんなに重宝された。しかし、軍隊ではそうはいかない。真面目さは、行動が遅いとされ、「のろま」と罵倒されて、ビンタの嵐だ。しかし、それにも慣れた。慣れとは恐ろしいものだと思う。

戦争はいつまで続くのか。関東軍は破竹の勢いで進軍している。満洲だけでは満足せず、支那全土を手中に収めたいのだろう。天皇陛下を頂とする軍幹部たちは、どうして戦争が好きなのか。他国に全く別の国をつくるという狂気。満洲国がいかに素晴らしい国であっても、そういうことが許されるのだろうか。他人の家に土足で上がるようなものだとしか思えない。頭の悪い自分には、わからないことばかりだった。

突然、うしろから声が聞こえ、泰介は心臓が跳ね上がった。

「これ食って、暖まれ」

岩城智也だった。

「智やん！」

と言うと、

「馴れ馴れしい！　岩城少尉殿と呼べ」

と言いながらも、顔は笑っている。

智也にもらった豚の丸焼きにかぶりつきながら、

「よく、こんな高級なものが手に入ったな」

　と言うと、

「泰介には悪いが、俺たちは、いいものを食べている。豚は支那人の家から略奪する。豚の調理の仕方は、馬賊に習ったんだ」

　と、言ったあと、急に声のトーンを変え、小声で、

「きょうは悪かったな。あのくらいしないと、泰介を救うことはできんかったんだ。痛かったろう」

「それはすごかったよ。智やんも人間が変わったなと、がっかりしたんだが、さっき、あの山々の尾根を見ていて、智やんは好んで殴ったんじゃないなとわかったんだ。ああしてくれんかったら、俺はあの上官を殺していた」

「そう思ったから止めた。上官を殺せば、とんでもないことになっていた。泰介だけでなく、家族、親戚が酷い目に遭っていた」

「そこまで考えてくれたんだ、感謝するよ。俺は戦地にはいたくない。人を殺すなんて俺には無理だ」

「いまの状況では仕方がないんだ。いずれ泰介も前線に出るときがくるかもしれん」

「相手が軍人ならいいんだ。降伏して、捕虜となった人間を殺すのはよくないと思っているが、智やんは、どう思う?　智やんは軍の幹部だから、捕虜を殺さざるを得ないんだろ?」

　当然「そうだ」と言うものと思っていた。しかし、

「俺も泰介の考え方に賛成だ。わが軍はかなりいきり立っている、同じ人間なのに支那人を犬畜生としか思っていない。しかしな、それが戦争という極限状況の特徴なんだ。正しいことなど、戦場にはないんだ」

「俺も、そうなるんだろうか」

「本能だ。殺されると思えば、生きるために相手を殺す。それは仕方ない。しかし手足を縛られた捕虜を殺すのはだめだ」

その言葉を聞いて、泰介は安心した。同時に、幼なじみと支那で再会できたことが、夢のように思えてきた。

「小都ちゃんは元気にしてるのか？」

「いまは福岡で、両親と一緒にいるから、俺も安心しとる」

泰介の妻である小都のことを智也も知っている。尋常小学校で三人は同じ組だった。泰介と小都が結婚したことは狭い日田のことだから、噂で聞いていたのだろう。

「お前が小都ちゃんと一緒になったと聞いたときは驚いたなあ。まあ、お前はいい性格をしてるし、気が弱いところも愛嬌だ。気の強い小都ちゃんと、ちょうど釣り合いがとれとる」

「智やんの奥さんは、どんな人だ？」

「見合いで結婚したんだ。親父の仕事仲間で、日田では木材関係のドンみたいな人がいてな、その娘さんだ。まあ言ってみれば政略結婚だな」

「好きは好きなんだろう」

と泰介が言うと、智也は笑顔を見せ、

「泰介は相変わらずだな。俺なんか、結婚は好き嫌いでするものだとは思っていないんだ。でも、そこがお前のいいところだな」

泰介は、馬鹿にされたような気分になったが、考えてみると、智也は日田では一、二を争う有力な資産家の息子だ。結婚に対する考え方が泰介と同じはずがない。

「子どもは？」

「まだだ。式を挙げて、一週間後にここにきたんだ。泰介は？」

「うちもまだおらん」

近況を話していると、やけに故郷が懐かしくなり、早く日本に帰りたいと泰介は思った。

「ところで、支那との戦争はいつまで続くんだ？」

「詳しいことはわからんが、いまのままだとさらに拡大するな」

「泥沼だな」

「そうだ。相手は支那だけではなくなるかもしれん。アメリカ、イギリス、ロシアとも一戦交えることになるかもしれん」

泰介は驚いた。位が上の智也には、二等兵の泰介では知ることができない情報が入ってくるのだろう。泰介は、あらためて智也に尊敬の念を抱いた。子どものころから正義感が強かった。ひ弱な泰介がいじめられたときは、必ず智也が助けてくれた。勉強も教えてくれたが、これだけは頭のできが悪いので、一向に成績は上がらなかったが。

「そろそろ交代の時間だろ」

「そうやね」

振り返ったが、交代の者の影はまだ見えない。まだ、智也と話していたかった。

「仮に戦争が終わって無事に帰還できたら、お前は何をするんだ？」

「百姓だ。田んぼも畑もあるし。いまは小都が頑張っとる」

「それはいいな。農業なくして人間は生きていけないからな」

「智やんは？」

と訊くと、しばし黙ったあと、

「せっかく支那にきたのだから、いろいろ見て回った。支那は地下資源は豊富だが、木材は不足気味だ。はげ山が多い。木があったとしても、銘木になるような立派なものは育っていない」

「そこで、考えたんだ。俺は日田の杉を支那に輸出する仕事をしようと思っている」

「言われてみると、その通りやな」

「やはり智やんは賢いな」

「そのときは、手伝ってくれよ」

「え？　俺でいいのか？」

「いいも悪いもないだろう。俺は泰介を信頼しとる」

そのとき、ようやく交代の者がやってきた。

智也は、その交代の歩哨に、

「このふぬけに根性を入れてやったとこだ」

と先ほどまでとは違う声と言葉遣いで言った。

大日本帝国陸軍は驚異的な戦績を積み重ねていった。

昭和十二年十二月には蔣介石の牙城である南京を陥れ、翌十三年二月には徐州会戦、五月には武漢作戦を勝ち抜き、第六師団が漢口一番乗りを果たした。

泰介は、南京攻略戦の折に敵の銃弾を足に受けたが、傷は浅く、その後も戦列を離れることはなかったのだが、治療が適切でなかったのか、気づいたときは傷口のある右足の脛がぱんぱんに腫れ上がっていた。破傷風の恐れもあるということで野戦病院送りとなった。軍医は、破傷風の恐れはないと断言してくれたものの、高熱が続き、意識は朦朧となっていた。

体温が平常に戻ったのは一週間ほどあとのことだった。それでも傷口が化膿しているので片足切断の可能性もあると軍医に言われたときは意気消沈し、かと言って誰を恨むこともなく、ただただ自分の運のなさを嘆くしかなかった。

「内還」（内地送還）の話が聞こえてきたのはさらに一週間後のことだった。怪我の功名とはこのことだと泰介は内心喜んだが、もちろん喜びを表に出せない。さらに、自分だけ戦列を離れることの後ろめたさも、泰介の気持ちの中で大きくなってきた。

武漢作戦が始まる前あたりには、泰介が歩哨に立つ頃合いを見計らってか、智也がやってくることも何度かあったが、作戦が始まって以降、智也の姿を見ることはなかった。

不吉な予感がした。泰介が野戦病院に送られてからも、そこに智也の姿もないし、見舞いに訪れることもなかった。

戦死したのだろうか。野戦病院に収容されている兵士や、看護婦に訊いてみたりもしたが、智也の消息を知る者はいなかった。

泰介は昭和十四年四月、日本に送還され、福岡の妻のもとに戻った。物資は不足していたが、一反ほどの土地があり、米や野菜に困ることはなかった。足の傷は徐々に快復し、妻と二人、つましくも幸せな生活を送ることができた。子どもはできなかったが、妻の小都はしっかり者で、よく働く。食料に恵まれて、泰介の戦地で疲弊した身体も健康を取り戻していった。

智也の消息は知れなかった。小都も気になるらしく、村の有力者に掛け合い、消息を教えてもらおうとしたようだが、軍部のことを尋ねるなど不届き千万と言われたようで、その日は不機嫌だった。

太平洋戦争に突入してから、日本軍は破竹の勢いで勝利に向かっていった。新聞には連日、「勝利」「攻略」「陥落」の文字が躍った。泰介は、このまま日本が勝利すれば、生活はどう変化するのか、楽しみでもあった。満洲国のように「王道楽土」と「五族協和」の世界が日本にもたらされるかもしれない。

そういった期待もあったが、日本軍の快進撃が喜ばしいのは、何よりも二次召集はあり得ないだろうということだった。

二度とあの過酷で惨めな体験はごめんこうむりたい。泰介は心からそう願っていたのだった。

つましい生活の中でも泰介は幸せを感じる日々が続いた。

泰介が寝返りを打ったときだった。

「矢島さーん、矢島泰介さん！」

外で誰かが呼んでいる。

柱時計を見ると、まだ午前一時を少し回った時刻だ。寝入りばなの寝ぼけ眼で耳を澄ますと、

「役場の村井ですたい。門ば開けてくれんですか」

役場と聞いて、泰介はいやな予感が頭をよぎったが、まさかそんなはずはないと疑念を打ち消した。

「あんた……」

と小都の声が聞こえた。見ると、不安げな表情をしている。

「いや、違う。日本は連戦連勝だ。新聞に書いてあるじゃないか。二次召集がくるはずはない」

「でも、この時間に役場の人よ……」

泰介は　ひとつ頷き、

「心配せんでいい」

と言って丹前を羽織り、玄関の鍵を開けて外に出た。小都もついてくる。

郵便局で見かける村井が立っていた。

「おめでとうございます！　召集令状を持ってまいりました」

村井は縦十五センチ、横二十三センチの赤い紙を泰介に手渡そうとする。泰介は右手を出し受け取った。

「二度目だ」

つぶやくと、村井は唇をかみしめたあと、敬礼した。

そのとき、小都が泰介の背中にしがみついた。

「死んだらいかん、死んだらいかんばい」

小都の泣きじゃくる姿を見た村井は、真っ赤な目で泰介を見つめ、再び敬礼した。

小学校の校庭に作られた壇上に泰介は立った。今回召集を受けたのは三人だった。顔だけは見たことはあるが、親しくはない。壇上の前には、村の者たちが大勢集まっている。手に日の丸の小旗を持ち、ある者は背伸びするように手を上に上げて小旗を強く振る。ある者は、小旗を胸の前で握りしめ、ひたすら祈るようにうつむく。主婦と子ども、それに老人が多い。当然のことだ。若い者たちはすでに戦地で戦っている。二次召集はないと踏んでいた。甘かった。

赴く戦地は、ソロモン諸島の一角であるブーゲンビル島だと聞いた。戦況はまずまずだと聞いたが、泰介の頭の中では、それを否定している。新聞報道は嘘で固められている可能性が高いと思っている。なぜなら、連戦連勝なら、泰介のようなひ弱で足も悪い役立たずを召集するはずがない。この戦い、敗け戦となるのではないか。となると、泰介は死ぬために戦地にいくということだ。泰介は、いままでの考え方が根底から崩れていくのを感じ取った。

天皇陛下万歳? お国のために死ぬ?

では、家族はどうなる?

小都の姿が目に入った。小旗を持った手を強く振っている。泰介を勇気づけようとしているのだと思う。召集令状がきたとき、小都が泰介にしがみついて泣きじゃくったのを思い出す。あの気の強い妻が、泣いた。

泰介は姿勢を正し、口元を引き締めた。四王寺山の緑が見える。水城の堤防跡も青々としている。この光景をしっかりと目に焼き付けておこう。二度と見られないかもしれないという不安があった。生まれ故郷の日田に行けなかったことが心残りだ。真っ直ぐに伸びた日田杉をもう一度見たい。土の香り、肌を激しく刺す冷えて澄み切った空気、深閑とした朝靄の中で聞こえる伐採の音。

泰介は一度目をつぶり、「よし、生きて帰ってくる」と誓い、目を大きく見開いた。

開いた目に突然飛び込んできたのは、校庭を早足で歩いてくる男の姿だった。泰介は、

「あっ」

と声を出していた。

紛《まご》うことなく岩城智也だった。

天皇陛下万歳が三唱されたあと解散となった。泰介は智也のところに駆け寄り、敬礼した。智也は、ふふっと笑った。

「生きていたんだね。よかった」

と言うと、智也は上着を上げて右胸をさらした。そこには長さ十センチほどの傷跡があった。

「銃創かい？」

「南京攻略のときにやられた」

「死なくてよかった」

「左胸に銃弾が飛んできていたら、いま俺はここにいない」

「よかったよかった」

泰介は気持ちが軽くなった。

智也は、声を小さくして言った。

「泰介、言っておくが、ぜったいに死ぬな。戦況は厳しい。新聞は嘘を書き立てている。日本軍はもうたない。これは秘密のことだが、事実だ。いずれ降伏するときがくる。それまで、逃げ回れ。恥ずかしいことではない。家族のためだ」

泰介は、黙ったまま、頷いた。

3

パプアニューギニアのブーゲンビル島西岸にあるタロキナ岬での戦闘は激しさを増していった。

ジャングルでの戦いは、支那でのものとは異質で、泰介の体力は消耗し続けた。湿地帯のため両軍とも身動きとれず、膠着状態が続く。地形そのものが厳しい。深いジャングルと高い山々。一人残されたらまず生きていくことはできないだろうと考えると、泰介は一瞬身震いした。三八式小銃を構えて、泥沼を匍匐前進。身体は泥水で濡れ、しかも伝染病の宝庫のようなところなのだ。ときおり、空からの機銃掃射の音に耳の鼓膜が破れるのではと心配するのだが、それよりも、数メートル横を掃射が音を立てて破裂するのを見るにつけ、恐怖が心配を凌駕する。智也に言われた「死ぬなよ」という言葉が頭の中にずっと居座っているのだが、機銃掃射や水平に飛んでくる銃弾をよけながらも前進している自分に気づき、わけがわからなくなる。

戦友たちの数が徐々に減っていった。ほとんどがマラリアとチフスだ。アメリカ軍が空からの絨毯爆撃を開始するのに対抗して、所属師団にタロキナ航空基地制圧の命令が下された。

「無理だぜ」

戦地で知り合った戦友が言う。

「最近、食料も尽きてきている。弾の支給も減ってるだろ」

「どういうことだ？」

と泰介が訊くと、

「危ねえな」

「敗け戦か」

「全滅かもな」

「簡単にそう言うが、怖くないのか？」

と訊くと、戦友はふんと鼻を鳴らしただけだった。

翌日早朝、米軍爆撃機が無数に飛び始めた、数秒もしないうちに絨毯爆撃が始まった。前線にかり出されている下っ端の兵隊たちは不眠不休で疲れた身体にもかかわらず逃げ惑う。

地上戦なら撃てばいいが、空からの攻撃には逃げるしかないのだ。すでに指揮官の姿も見えない。どこの誰だかわからない泥だらけの軍服兵士が脱兎のごとく安全の地を探して走り回る。そんな場所があろうはずもないことなど、考える余裕もないのだった。

泰介は、智也の言葉を再び思い出した。「生きろ。この戦いは、長くは続かない」

目の前にぽっかりと穴が開いていた。

機銃掃射が身体をかすめたとき、泰介はその穴に飛び込んだ。

穴の中に落ちていく。ずぶずぶとした感覚が泰介の身体を覆う。草木が水分を吸って朽ち、それが泥と混じって、ぬめっとまとわりつく。顔を覆う泥土を払いのけ、息をする。空気の環流は確保できているのだろう。それだけでもありがたいと思うことにした。

数秒後に落下が止まった。空間がある。と言うのは、身体にまとわりついていたぬめっとした感覚がなくなったからだ。

横道があれば、それを伝って地上に出ることもできる。いや、むしろここにいた方が安全だ。機銃掃射の音がかすかに聞こえる。

背嚢を開けて、水を飲んだ。食料はほとんど底をついた。懐中電灯は、ずいぶん前から電池切れとなっている。周囲を見回してみたが、何も見えない。しかし、生きていれば、這いずり回って食べられるものを探すことはできる。再び智也の言葉を思い出して希望の光を点す。

心に光は見えても実際の光はなく、どこをどう歩き、何を頼りに出口を見つければいいのか皆目見当がつかない。そのうちに、ここも敵軍地上部隊に発見され、手榴弾でも投げ込まれれば、一瞬にして泰介の命は散る。

背嚢から甘藷《かんしょ》を取り出して食べた。あと少ししか残っていない。

こうなったら、ネズミでもへびでも食べることはできる。

右手が何かを触った。泥ではない何か。にゅるっとした感触だ。小動物の死骸だと思い、あわてて手を引き、泥水で清めようと別の場所に右手を入れた。

今度は硬いものが手に触れた。そっと撫でてみると、再びにゅるっとした感触に当たり、泰介は悲鳴を上げそうになった。

眠れそうにない。そう思ったが、いつの間にか横たわって眠りに入っていた。

目が覚めたのは、上方から漏れる光が泰介の目を射たからだった。目をこすると、周囲の光景が見えてきた。

心臓が止まりそうになった。

白骨死体が無数に転がっている。まだ白骨となっていないものもある。明らかに日本軍兵士の哀れな姿だった。突然、異臭を感じた。眠る前に感じなかったのはどうしてだろうか。疲労で嗅覚が麻痺していたのか。

原型をとどめている兵士に近づいた。顔を見たとたん、泰介は腰を抜かした。顔は崩れ、肉はほとんどなく、骨が透けて見えた。そこには無数の蛆《うじ》がうごめいている。日本で見る蛆の数倍もの大きさだ。

泰介は横たわっていたところに戻り、横を見たとたん、泰介はまたもや腰を抜かしそうになった。眠る前に、にゅるっとした感覚を持った場所だ。

予想通り、蛆の大群だった。右も左も、上も下も。すでに白骨となった死体と、蛆に食い尽くされつつある死体が無数にある。もうすぐ、自分もその数を増やすことになるのかと思い、身震いした。

逃げなければ！

泰介は立ち上がり、蛆を蹴飛ばし、死体の列を飛び越えながら泥水の中を横に横に進んだ。歩きやすいところにいき当たり、泰介はほっとした。はるか彼方がうっすらと明るい。地上に出られるかもしれない。機銃掃射の音が聞こえないのが不安でもあり望みでもあった。

歩いた。背嚢は食料が減ってはいたが、小銃、弾倉、手榴弾などの重量物がまだある。ひ弱な泰介だったが、二十、三十キロを背負うのも、それほど苦にはならなかった、なんと言っても、重火器は泰介の命綱なのだから。

そのとき、前方から足音が聞こえてきて、泰介の心臓が跳ねた。

敵軍？　と一瞬思ったが、あり得ない。とすると、日本軍か。

泰介は、足早に歩き始めた。仲間がいれば勇気が湧いてくる。足音が徐々に大きくなった。そして、話し声も聞こえてきて、それが日本語であるとわかって、小躍りしたくなった。

前を歩く二人も、泰介に気づいたようだった。振り返り、日本人だとわかると立ち止まり、泰介がやってくるのを待った。

泰介は敬礼した。星の数が泰介より多かったからだ。

ひとりが、訊いた。

「名前は？」

「矢島泰介であります」

「どうしてここに？」

「落とし穴に落ちたのであります」

「そうか。よし俺たちについてこい」

泰介は再び敬礼した。

「戦局はいかがでございますか？」

と訊くと、

「貴様が知る必要はない」

と冷たい返事が返ってきた。

「お国のために、早く戦陣に戻りたく思っております」

と、心にもないことを言ってみたが、何の返事もなかった。こいつらも、わかっているのだな、日本が敗けることを。泰介は、それ以降、ずいぶんと気が楽になった。

光が強くなってきた。出口はもうすぐだ。

戦闘が続いているようだったら、どうすべきか、と考えていると、

「貴様は、負傷はしておらぬか」

と上等兵が訊く。

「支那で足を負傷しました」

「そうか、傷は治ったのか」

「はい」

「運の強いやつだな。よし、お国への最後のご奉公だ。ここでも軍功を上げよ」

「はい。その覚悟でやっております」

上等兵は「よしっ」と言ったあと、

「匍匐！」

と号令をかけた。

泰介はあわてて腹ばいになった。出口から外に出るのだ。敵側が見えたなら、銃剣で撃ち殺す、あるいは刺す。

上等兵二人が出口にかぶさる草木を払いのけて、外をうかがった。きょろきょろと左右を確認したあと、

「よし、続け」と泰介に命令が下った。

匍匐前進で三人は外に出た。

まばゆい光に目を細めたとき、頭上で声がした。

「ジャップ！」

と聞こえた。

三人の頭に、ライフルの銃口が触れていた。

笑い声が響き渡る。上目遣いに見ると、青い目をしたかぎ鼻の大男が「立て」という仕草をする。

青い空が目にしみた。


ブーゲンビル島南端に位置するファウロ島の捕虜収容所に入れられた泰介は、オーストラリア軍の兵士に身ぐるみ剝がされたあげくの収容所暮らしとなった。身も心もぼろ切れ同然だ。

日本は敗けたらしい。無条件降伏だと聞かされた。智也の予想は当たった。

マラリアが蔓延している。高熱、悪寒、嘔吐、下痢。風邪と見まがう症状を経て、戦友たちは次々と死んでいった。

泰介は、感染しないことを不思議に思っていた。ひ弱な体力なのだから、いの一番に罹患して死んでも

おかしくない。

ここでも、智也の言葉が力になったと泰介は思っている。

オーストラリア兵に根こそぎ略奪され、最悪の環境の中でも、生きているのだ。

復員が開始されたのは翌一九四六年の二月。泰介は氷川丸に乗って、日本に向けて帰還することとなった。

4

雪が降り始めた。

日本はこんなに寒い国だったのか。そう思うのも当然のこと、赤道直下から北半球に戻ってきたのだ。ただ、泰介が身震いしたのは寒さのせいだけではない。ブーゲンビル島での生活を思い出したのだ。しかし、あの過酷で凄惨な現実は過去のこと、日本は敗けたが庶民にとってはいいことだと思った。すぐに、まずい、と思い直して周囲を見回した。上官たちがいないことを確かめる自分がいやになった。

四王寺山が見える。ちらつく雪の中でも懐かしい姿を見せてくれた。ようやく戻ってくることができた。智也の言う通りに逃げ回り、再びこの地を両足で踏むことができた。

長崎に原子爆弾が落とされ、地獄と化しているとのことだ。原爆の脅威を聞かされたとき、福岡や日田でなくてよかったと思い、それは長崎の被害者に対する冒瀆だなと思い直したが、それでも、本音だから仕方がない。

家が近づくに従って、泰介の気持ちは高揚していく。

門の前に着いたとき、雪が本降りとなってきた。空を見上げると、ふわふわと雪が落ちてくる。泰介はしばらく舞い降りる白い雪を見つめていた。

家の中から泣き声が聞こえてきた。

空耳かと思い門を開けようとしたとき、また聞こえてきた。赤ん坊の泣き声だ。

まさか、と思いつつ、泰介は走り出していた。急いで玄関を開けようとしたが鍵がかかっている。泰介は玄関のガラス戸を強く叩いた。

現れた小都は幽霊にでも出会ったかのように呆然と泰介を見た。小都の乳首を吸う赤ん坊はすでに泣き止み、やわらかな表情をしていた。

咄嗟に言葉が出ず、それは小都も同じで、ただ見つめ合っていたが、すぐに小都の目に涙が滲み始めた。

「命からがら戻ってくることができたぞ」

と言うと、小都は気を取り直し、

「戦地でのおつとめ、ご苦労様でした」

と頭を下げ、ようやく笑顔を見せてくれた。

家に入り、寝入った赤ん坊を布団に寝かせたあと、小都はあわただしく動いた。泰介を座布団に座らせ、風呂を沸かし、お茶を淹れ、外に出たかと思ったらすぐに戻ってきて、手に持った野菜を泰介に見せてにこりと笑う。

「丹精込めてつくった野菜よ。物資不足の世の中やけど、うちには畑も田んぼもある。自給自足は零戦より強いわ」

と言ったかと思うと、また玄関の戸を開けて出て行った。戻ってきたとき小都は手に籠を抱えていた。

「ほら」

と籠の中を見せる。

「向こう隣の木村さんから牛肉ばごっそりもろうてきた。すき焼きでお祝いするよ。あんた、なんかたくましくなったね。顔色もいい。でも、長い従軍生活でへとへとになっとるはず。私が作るすき焼きを食べれば、もっと元気が出てくるよ。古賀さんから卵をもらってくるから、あんた、裕一が泣き出したらあやしとって」

裕一という名前なのか、とぼんやりと考えながら、心境は複雑だった。名前を勝手につけたからだ。

「相談しようと思うても、あんたは生死もわからんのだから。占いの先生に画数とか見てらって裕一という名前がいいと言われたの」

泰介も納得し、さすがにてきぱきとことを運ぶ小都の面目躍如だと思い直した。

小都がいつものおしゃべりに戻り、活発に動くのを見て泰介は安堵したのだった。


夕方から始まった宴会には、村の人たち二十人ほどが集まった。大部屋に入りきれない人たちは縁側に座って酒を飲み、泰介の無事を祝ってくれる。

これほど美味い料理を食べたことがあっただろうか。泰介はブーゲンビル島でのことを思い出して夢から覚めないように祈りながら箸を動かした。それに、村のみんなから温かい声をかけられ、思わず嬉し泣きしそうになった。

捕虜収容所での過酷な労働、肉体的苦痛、マラリア罹患への恐怖は夢だったのではないか。泰介はまだ新鮮な記憶として残っている忌まわしい体験を早く忘れたいと思った。

集まってくれた者たちの中に智也はいなかった。

生きているのか、戦死したのか。生きているのなら、どこにいるのか。もしかして戦犯容疑で進駐軍に拘束されているのではないか。宴会の前に小都に訊いたが、消息不明で心配しているのだと答えた。宴会の席でも数人に訊いたが知らないという。「戦死じゃなかやろか」と言う者がいて、泰介の胸は締め付けられた。

「詳しくはわからんけど、また戦地に行ったらしか」と言った者がいた。村の長老だ。

「智也にも二次召集がきたんですか？」

「兵隊の数が足りんかったからのう」

と言う。

「敗け戦とわかっていて？」

「だからこそじゃないか。鉄砲も足りん、食料もない、残るは大和魂しかないだろ」

「大和魂は、軍の幹部にもあったのかなあ」

と思ったことを遠慮なく言うと、長老は怒ったように、

「文句をたれるな。戦時中やったら、いまのお前の発言は打ち首だぞ」

「幹部たちが先に日本に逃げ帰ったのに？　おかしいのじゃないか？」

と言うと、

「それは、日本で態勢を立て直すために作戦会議があるからだろうが。すべて天皇を守るためだ」

「敗戦が決まってから逃げ出したと聞いたが」

事実をつきつけると、

「お前、いつから非国民になった？」

「その言葉はもう通用しないですよ、長老」

と言うと、周囲にいた男たちから拍手と笑い声が起きた。

「泰介の言う通りだ。俺たちはだまされていたんだ」

長老は、

「わしは帰る。天皇の悪口は許さん。泰介、お前が無事に生きて戻ってこれたのも、天皇陛下のおかげだということを忘れるな」

と捨て台詞を残して、帰っていった。

その場にいやな雰囲気が漂ったが、泰介は意に介さない。戦地と収容所での体験が泰介を強くしていた。

泰介は、智也の話題に戻した。

「智也は戦地から戻って日田にいるのじゃないか？」

「それはどうかなあ」

と、日田出身の千吉が言う。

「智也の実家の製材所がどうなっとるかもわからん。この戦争で閉鎖に追い込まれたのかもしれん」

小都も心配げに、その男の話に聞き入っている。

三々五々、村人たちは宴席を離れ帰宅の途に着いた。最後まで残ったのは千吉だった。小都が、お茶を用意して、千吉の前に置いた。

「同じ日田出身者だから、もうちょっと話ばしていかんね」

「そうしよう」

と千吉も応じた。

そのとき、玄関ががらがらと開く音が聞こえた。

現れたのは、智也だった。

「悪い悪い、別用があって遅くなってしまった。おお、千吉もいるじゃないか」

と言ったあと、泰介を真正面から見つめ、

「生きていたな」

と泰介の肩を強く二、三度叩いた。

小都が燗酒を用意した。料理はまだ残っている。智也は畳にどっしりと腰を下ろした。熱燗で乾杯し、お互いの無事を祝う。智也は顔色もよく、健康そうに見えた。

「どこで戦ったんだ？」

と訊くと、智也は急に真剣な顔になり、

「戦地には行ってない」

「えっ？」

と、声をあげたのは小都だった。その驚きようが大げさだったので目をやると、小都はうつむいた。

「俺にも二次召集がかかったんだが、いざ出陣というときに急に待機命令が出てな。そのうち八月十五日がやってきたというわけだ」

「命拾いしたね」

と言うと、智也は神妙な顔つきで頷いた。

「智也の言う通り、俺は逃げ回って命拾いした。お前には感謝しとる」

「辛い思いをしただろう。戦争はいかん」

杯が進み、三人とも顔に赤みがさしている。

「ところで、智也はこれからどうするんだ？」

「満洲で話した通りだ。商社勤めをする。ただ兄が病弱なので、いずれ実家の製材所を手伝うことになるだろう。そのときは、家族はここが慣れてるから、こっちに住まわせて、単身で日田に行く」

「ここに家があるのか？」

「ああ、水城の堤防の近くだ」

見合い結婚をしたことは満洲で聞いていた。

「子どもは？」

「女の子がひとり。早苗という名前だ。もうすぐ二歳になる」

「かわいい盛りだな。うちの裕一は泣いてばかり。まあ元気のいい男の子でよかったが」

泰介の言葉で思い出したのか、小都が席を立って隣の部屋に行った。泣き声が聞こえないので、ぐっすり寝入っているのだろう。

「ところで、泰介はこれからどうするんだ？」

「仕事か？」

「そうだ」

「満洲で言うた通りだ」

「百姓か。ここで骨を埋めるのか？」

「それしかできんし、それが一番いいと思うとる」

「そうだな」

と言いつつも、智也は何か言いたげだった。

どうかしたのか？　と訊くと、

「いや、もしできるなら、俺が実家に戻ることがあったら仕事を手伝ってくれないかなと思って」

「製材仕事は、俺の体力では無理だ」

と答えると、

「いや、どんな仕事でもいい。とにかく人手が足りないみたいなんだ」

「智やんの頼みだったら、むげに断ることはできん。そのときは考えてみる」

「農閑期だけでもいいぞ」

「わかった、それも含めて考える」

話はそこで終わり、三人で外を歩くことにした。

春日原の駅前に出ると飲み屋が見えたので、そこに入り、飲み直すことにした。

「あらためて乾杯だ。泰介が生きて戻ってきてくれたことに」

茶碗に入った酒を三人同時に飲み干した。

「小都がいたから言わなかったが、俺は智やんの製材所で働きたいと思う」

と言うと、智也の表情が明るくなった。

「満洲で話したよな。あっちの木材はだめだという話。腰がないし、節が多すぎる。これでは、建築材料はおろか、生産資材としても使えん。せいぜい割り箸だな。俺には、いずれは日田杉を中国をはじめとして世界各国に輸出したいという夢がある。日本の木の良さを世界に知らしめたい。戦争には敗けたが、自然美とそこから育った木材は世界のどの国にも負けんと思う」

「さすがに大学予科出身は違うね。夢のある話を聞かせてもらった」

千吉も頷く。

「日田に行きたくなった」

泰介は急に日田杉を見たくなった。子どものころから遊ぶところは山の中だった。杉の真っ直ぐ伸びる姿を見ていると、いじめられたことも忘れることができた。日田の杉は泰介の守り神のような存在だったのだ。智也の提案は心から嬉しいことだった。日田杉に囲まれた生活をもう一度やってみたい。

「智やん、俺は日田に行って、あんたの手伝いをする。決めた。小都を説得する」

智也はよほど嬉しかったのか、目が赤くなっていた。

5

復員してから、ずっと心の奥底にひっかかっていたことが芽を出したのは、小都のたわいのないひとことからだった。

朝食を食べているとき、目を覚ました裕一が這いながら近づいてきた。箸を置いて、じっと見ていると、柱に小さな手をかけ、ゆっくりと立ち上がったのだった。

小都が、「あっ」と声を出した。

「見てみらんね、裕一がタッチできるようになったよ。まだ十一か月になったとこなのに。成長が早か」

裕一が振り返って笑みを浮かべたあと、すぐに転んで泣き出した。小都が箸を置いて駆け寄り、裕一を抱っこした。

泰介の心に黒い影が差した。

泰介が南方に出征したのは昭和十九年の四月だ。いまは二十一年の二月。

息子の裕一が生後十一か月だと小都は言った。泰介が南方で戦っていたときに小都はお腹に裕一を宿し、そして生まれたということだ。

泰介は、気まずい空気が生まれないように、

「ほれほれ、俺が抱っこしてやろう」

と笑いながら小都の手から裕一を受け取り、立ち上がってあやした。

泰介は自分の愚かさを呪った。こんなこと、すぐに気づくべきだったのだ。家の門を開けて乳飲み子を

抱いた小都が出てきたときに、おかしいと思うべきだったのだ。そうすれば、小都に問いただすこともできた。いまは、そう簡単に口に出すことははばかられた。すでに泰介は裕一を自分の子として愛情を注いでいたからだった。

赤ん坊の成長過程に疎いとはいえ、常識範囲のことにさえ気づかなかった。頭を抱え、悩みぬく日が続いた。

かと言って、小都にその話題を振る勇気もない。小都は、何事もなかったように、活発に動き回り、農作業、家事、育児に忙しい。

その日も、泰介は畑の手入れに余念がなかった。畑仕事をしていれば気も紛れる。早く田植えの季節がこないかといつも思っていた。多忙な日々が、いやなことを忘れさせてくれるだろう。自分は逃げているのだろうか。南京城攻略に参戦し、南方では収容所生活も送った。支那人の首を日本刀ではねることはしなくて済んだが、銃で多くの外国人を殺したはずだ。良心の呵責に耐えられない時期もあったが、戦火が広がるに従って、良心の痛みは麻痺していった。ブーゲンビル島では、劣勢ということもあったが、智也の「戦争は近いうちに終わる」というひとことを頼りに逃げ回り、そのおかげで復員できた。

逃げたのだ。そして、いまも逃げている。

白菜を収穫して家に戻ると、

「つやつやした白菜やね」

と、小都が言う。

「そうだ、きょうは鍋にしよう」

と言いながら、台所で料理に取りかかる。

夕餉が済んだあと、小都は後片付けを済ませ、裕一を寝かせたあと、焼酎を飲んでいる泰介の前にやってきて、畳の上に正座した。

表情が尋常でないので、

「どうしたんだ？」

と訊くと、

「明日、裕一と一緒に実家に戻ります。その前に、謝らないといけないと思って。謝って済むことじゃないことは知ってます。私を殺したいなら、遠慮はいりません。覚悟はできてるから」

と言う。

「相手は誰だ？　名前を言え」

「あんたの知らん人」

「言いたくないんだな」

泰介の頭に血が上った。

小都は立ち上がり、台所に行き、包丁を手に持って戻ってきた。

「これで、ひと思いに殺してほしい」

包丁の刃が鈍く光るのが目に入った。

「裕一は日田の実家に育ててもらうよう頼みました」

「よし、わかった」

泰介はそう言って、包丁を手に持ち、小都を立たせた。

「覚悟はできたか？」

と訊くと、小都は頷いた。

小都は口元を引き締め、目を閉じた。動じていない。憎らしいほど落ち着いている。泰介は、小都がしでかした不始末が、単なる浮気心ではなかったことを理解した。覚悟の上での行動だったのだ。それなら、話は簡単だ。自分が身を引けばいいだけのことだ。

「家を出て行け。そして誰だか知らないが、その男と一緒になれ」

と言うと、小都が目を開けた。

「いやです」

「なぜだ」

「私は矢島泰介の妻だから」

「妻がどうして、そんな大それたことをした？」

「戦地で死ぬ予感がしたから」

「同情か？」

「同情が半分」

「あとの半分は？」

「その人のことも嫌いではなかった」

泰介の頭が真っ白になった。

「願い通りに殺してやる」

と言うと、小都は再び目を閉じた。

泰介は、手に持った包丁の柄を強く握りしめた。支那でのことが脳裏をよぎる。捕虜を殺すことはできなかった。憎んでもいない相手を簡単に殺すことなど泰介にはできなかった。しかし、いまは小都に憎しみを持っている。心臓をひと突きすれば済む。裕一は日田の小都の実家で育ててもらい、自分は警察に自首する。それですべて片がつく。

包丁の柄を握る手に力を入れた。そのとき、寝ていたはずの裕一の泣き声が聞こえてきた。泰介は咄嗟に包丁を放り投げ、裕一を抱っこした。小都が裕一の額に手を置いた。

「熱がある」

泰介は自分の額を裕一の額に合わせてみた。高熱だ。

「何時だ？」

「九時半」

「上野先生に頼んで病院を開けてもらう。自転車を出すから、裕一を毛布にくるんでくれ」

小都が裕一を抱いて隣の部屋に足早に消えた。泰介は玄関を開け、自転車を玄関の前に持ってきた。小都が出てきた。

「後ろに乗ってくれ。スピード出すので、落ちないように気をつけてくれ」

「うん、わかった」

泰介はペダルを力強く踏んだ。後ろに座って、片方の手で泰介の服を強く握っている小都が言った。

「あんた……」

風が強くなってきて、そのあとの言葉は泰介の耳に届かなかった。


泰介は裕一を溺愛した。

裕一は、すくすくと育っていった。高度経済成長期に入り、日本は様変わりした。朝鮮戦争が勃発し、泰介は不安な日々を送ったが、日本が戦禍を被ることはなく、逆に特需景気で、日本の産業は大きく息を吹き返した。

泰介と小都は、大野村という田舎であることから生活の変化はそれほど感じはしなかった。もとより、奢侈《しゃし》に流れることを嫌う性格だった。生きるための最低限の収入と健康な身体があれば、それで十分だったのだ。復員して二年後には女の子が生まれ、美那子と名付けた。

しかし、好事魔多しとはよく言ったもので、復員して六年後の十二月に、泰介は体調を崩した。胸に痛みを感じ、咳が止まらない。

結核と診断された。入退院の繰り返しが続いたが、幸いなことに、認可された新薬のストレプトマイシンが劇的に効いて、病巣そのものは消失した。

ただ、体力が落ちてしまい、環境のいいところでの生活が望まれるとの医者の言葉を受けて思い出したのが、智也からの誘いだった。

智也の実家が営む製材所を手伝ってくれないかという誘いだ。すでに何年も経ってしまっているので、智也が快く迎えてくれるかどうかは不確かではあるが、智也の手助けができるなら嬉しいことだ。数年前に社長だった智也のお兄さんが亡くなり、いまは智也が社長になり忙しい毎日を送っている。

智也は月に一、二度は大野村の家族のところに戻ってくる。そのときは泰介も小都、裕一、その後生まれた娘の美那子を連れて出かけていったりする関係が続いている。最近では、息子の裕一と、智也の長女である早苗がずいぶんと気があって、よく遊んでいる。

智也に、以前の申し出のことを頼んでみる前に、家族の意見を聞かなければならない。

小都は賛成してくれた。「日田は空気が澄みきってるから、静養するにはいいところよ」

「農閑期だけということにする」

「私も、たまに手伝いにいくよ」

「ああ、そうしてくれ」

泰介は翌日、智也に電話をかけた。見舞いには何度もきてくれていたので、そのお礼を述べたあとに、

「以前言っていた仕事の話は、まだ生きているのか？」

と訊くと、少し間があった。何のことか考えていたのだろう。でもすぐに、

「生きているも何も、以前よりもっとお前の力が必要になっている」

と言う。

智也の話だと、木材輸入自由化のあおりを受けて、岩城製材所は経営状態が悪化しているというのだった。

「決断してくれたのなら、なるべく早くこちらにきてくれないか。小さいが、一軒家を用意しとく。賄い

は従業員の奥さんたちに日替わりで頼むこともできる。日田杉の香りは身体にいいと言われている。こっちだともっと健康になれる。車で一時間も走れば温泉もあるしな。あっ」

と、そこで智也は妙な声を出した。

「お前も日田で育ったのだから、いちいち俺が説明する必要もなかったな」と笑い、「とにかく、こちらにこられる日を早めに教えてくれ」

と言って電話を切った。

受話器を見つめながら、泰介は何の仕事をするのか聞きそびれたことに気づいたが、それは日田に行ってからでも遅くない。泰介はどんな仕事でもやるつもりだった。

一週間後に日田に赴いた。

その日のうちに、智也に連れられて製材所の仕事場を回り、職人さんや事務方さんに挨拶をした。みな、にこやかな笑顔が印象的だ。職人さんは真っ黒に日焼けしていて、がっちりした体軀の人たちだ。

「とりあえず、お前の席はここだ」

と、事務所に居場所をつくってくれた。木張りの床は泥だらけで、机の上は物置のように書類や新聞が散乱していた。事務所には、社長の智也の席が少し離れたところにあり、ほかは五人の事務員が座っていた。男二人、女三人の構成だった。いずれも四十代から五十代にかけての中年で、みなよく笑う。

スチール椅子に座って、隣の女子事務員と話をしていたら、

「おい、行くぞ」

と、智也が急かす。

「住むとこを見てないといかんだろう」
住まいは会社から車ですぐのところだった。坂道を下りて、三隈川に沿って数分のところだ。子どものころはよく三隈川で遊んだ。沢ガニとり、鮒釣り、たまに鯉が釣れることもあった。夏は裸になって泳ぐ。泰介は水泳だけは得意だった。三隈川は、当時と変わらず澄んでいて、水量もたっぷりあった。

藁葺き屋根の一軒家。中に入るとかび臭かった。

「しばらく無人だったんでな。まあ、家をきれいにするのも、お前の仕事だ」

智也は部屋の中を歩き回り、便所、風呂、台所と、いちいち声に出して回る。風呂は五右衛門風呂だった。電気が付いていないようだ。外に出てみると、風呂釜にくべる薪がたくさん用意してあった。製材で出た木っ端だ。

「一応、鍵はある」

と、智也は玄関の鍵を泰介の手のひらに落とし、ひと仕事終わったような表情を見せた。

「今夜は歓迎会だ。お前がさっき話していたおばちゃんが段取りをしてくれた」

歓迎会は川沿いにある「三隈荘」で開かれた。

久しぶりの鯉料理に舌鼓を打ち、人のよさげな社員たちと和気藹々《あいあい》の夜を過ごした。酔ってはいたが、心地よい風に当たりたいと思い、歩いて帰ることにした。みんなに挨拶を済ませ、智也が用意してくれた家に向かって歩き始めた。ポケットの鍵を何度も確認しながら歩く。川面に光が反射して揺れている。新月なのか、月明かりは見えなかった。

後ろから足音が聞こえてきた。振り向くと、智也が右手を上げるのが見えた。

並んで川べりを歩いた。

「明日、組合の役員たちと一緒に陳情に行くんだが、泰介も付き合ってくれんか」

「陳情？」

「そうだ。県議会の林業部会の偉いさんだ」

「輸入自由化のことか？」

と訊くと、智也は頷いた。

「南方からラワン材が輸入されてきて、それが年々増えている。価格が安いので飛ぶように売れている。価格面で日田杉は太刀打ちできない」

「議員に陳情したらどうなるんだ？」

「国内産業を守るために、国は海外からの商品に関税を掛けて国産品の方が売れるようにするんだ。木材にはそれがない。だから、関税を掛ける法律をつくってくれと頼むわけだ」

「うまくいくのか？」

「難しい」と智也はため息をついた。「外材は質が悪い。あんなので家を造ったら、すぐに虫食いが起きて、倒壊の危険性もある。日本の風土には適さないんだ。それを価格が安いからといって安易に輸入を促進する国の姿勢は間違っている」

「つまり、県会議員を通して国会議員に働きかけるということか」

「そうだ。その県会議員も、任せろと心強く言ってくれている」

「それはありがたいことだな」

「お前も知っている男だ」

泰介は智也の顔を見た。

「誰だ？」

「鬼塚。鬼塚良一」

「俺をいじめてたやつじゃないか」

「そうだな。まあ昔のことだ、許してやれ」

智也にそう言われれば、従わざるをえない。


翌朝、二人で市庁舎に出向いた。車を駐車場に停めたあと、智也は足早に中に入る。泰介もあとからついていった。市庁舎に入ったところで、きょろきょろと周囲を見回していたが、鬼塚を見つけたようで、「おっ」と声を出して、再び足早に歩きだした。泰介は遅れないようについていったが、逃げ出したいというのが本音だった。

智也が深々と頭を下げ、

「きょうはご足労いただきまして、まことにありがとうございます」

と慇懃に挨拶すると、鬼塚は、「ごくろうさん」とだけ答えた。

鬼塚はでっぷりと太っていた。戦後の物資不足なのによくもこんなに太れるものだ。顔に脂が浮き出て光っている。

その脂男が、智也の後ろに隠れるようにしている泰介を見つけ、

「そちらは？」

と訊いた。

「今度、私の秘書として雇い入れた者です。矢島泰介と言います」

鬼塚はちらっと泰介を見ただけで、興味ないと言わんばかりに無視し、すぐに智也の方に向き直った。

「先日、林業部会の理事を務められている国後《くなしり》先生に頼んでおいたよ。先生も自由化の件には反対の立場なので、お力添えいただけると思う」

「関税賦課措置の時限立法を提案してくださいますか」

「もちろん視野に入れてある。それなくして自由化阻止はできんからな」

「よろしくお願いいたします」

鬼塚は頷いた。

「いま、反対運動の署名活動をしています。小国とも連携して、さらに杉の名所である吉野や秋田にも輪を広げようとおもっています」

「それはいいことだ」

「嘆願書の署名は幾人ほどだと効果がありますか」

「多ければ多いほどいい。一定数集まったら持ってきなさい。すぐに上京して国後先生にお願いに上がる」

「可能性としては？」

「ん？」

「いえ、時限立法の」

「かなりの確率で次期国会に法案提出となるだろう。安心しなさい」

「心強いです。何とぞよろしくお願いいたします」

「うむ」

と、鬼塚は顎を引いた。

鬼塚とはそこで別れ、泰介たちは帰途についた。泰介は鬼塚の対応に納得がいかなかったが、智也は逆で、

「しっかりした男になっただろう」

と鬼塚を褒める。

業界のことをほとんど知らない泰介は、鬼塚への個人的な感情を取り払えば、智也の言う通りなのだろうと思った。鬼塚は、国産材の生き残りのために奔走してくれているのだ。

「その時限立法というのができれば、ひと息つくというわけだね」

「その通り。とにかく輸入量を抑えなくては、いまのままでは価格面で太刀打ちできず、国内の林業は廃れていく。そうなると国の力は落ちていく。戦時中のような言い方だと思うかもしれんが、国力がないと我々庶民の生活も成り立たなくなってしまうんだ」

智也の話を聞いていて、泰介は自分がいろいろなことに無知であると思った。そのとき、ふと頭に浮かんだことがある。これも単純なことだから、言えば智也に馬鹿にされるかもしれないと思ったが、思い切って訊いてみた。

「損する人間がいるということは、得する人間がいるということかな?」

「その通りだ」

ハンドルを握り前を見たまま智也は肯定し、続けた。

「輸入業者だよ」

「ああ、そうだよな。当たり前のこと聞いてごめん」

「謝ることはない。泰介が言ったことは、とても重要なことなんだ」

「どういうこと？」

「木材の輸入は大手の商社がやっていて、いまとても儲かっている。関税が掛けられると、輸入品が売れなくなり、その企業は損をすることになる。だから、彼らも必死に関税が掛けられないように政治家に働きかけているんだ」

「そうなのか、戦争みたいだな」

「まさにその通り。戦争だ」

「作戦とかあるのか？　まさか突撃じゃなかろう」

「我々、木材業者は、国産材の素晴らしさを代議士先生たちにわかってもらうこと。それしかない」

「敵は？」

「敵は、金をばらまいている」

「そういうことだと思った。で、勝ち目は？」

「鬼塚が懸命にやってくれている」

「こちらも政治家を抱き込むというわけか」

「金の勝負に持ち込んだら、我々は負ける。商社は財閥系の大企業ばかりだからな」

話はそこで途切れた。

泰介は不安になった。勝ち負けの世界がいやだったのに、ここでもまた勝ち負けか。人を殺すわけではないのでまだいいが、逆に金のばらまき合戦というのは不純過ぎて、本物の戦争よりも神経を使いそうだ。

6

久しぶりに智也の笑顔を見ることができた。

県議会議員選挙に向けての決起集会が大分市のホテルで行われ、鬼塚を応援するために智也と二人で駆けつけたのだった。智也はそこで祝辞を述べた。

鬼塚とは幼なじみだったこと、正義感と清廉潔白を絵に描いたような人物であること、行動力があり、頭の回転が速いなどと、実際の鬼塚像とは真逆の美辞麗句を披瀝した。

智也は続けて、いま懸案の木材輸入自由化のことを話題に出した。と言っても、政治家に頼んでいるということには触れず、ひたすら日田杉のすばらしさ、国産材の長所は外材の比ではないことなどを訴えたのだった。話し終えたあと、ほかの来賓挨拶よりも大きな拍手があった。参列者の大半が大分県在住ということもあるが、智也の熱を帯びた訴えが感動を呼び起こしたことは確かだった。

歓談の時間になったとき、鬼塚が智也のいるところに歩いてきた。にこやかな顔をしている。子どものころとは打って変わって、笑顔がよくなっていた。鬼塚は智也に握手を求め、智也の右手を両手でくるむ

ように握ったまま、

「感動したぞ！」とひとこと言い、すぐに真面目な顔に戻り、

「国後先生を紹介しよう。林業部会の理事の先生だ。通産省や農林省にも顔が利く」

鬼塚は智也と連れ立って歩き始めた。泰介は後ろからついていく。

名刺交換が行われた。国後という代議士は、堂々とした体軀の持ち主で、髪はオールバック、顔は脂ぎり、エネルギッシュな野心の塊のような男だった。政治家にもいろいろいるんだなと思った。見た目は気に入らなかったが、人間の質は外見だけではない。これは支那でも南方でも泰介自身が知り得た真理であった。

大物政治家は、

「誠心誠意努力します。あなたが日田杉、ならびに日本の林業の将来を案じてくれたことで、また意を強くしました。これは命をかけても守らなければならない。私に任せてください」

智也も感激の表情だ。鬼塚が代議士に、

「先生、何とぞよろしくお願いいたします。党員のひとりとして、先生が将来総理の座にお座りになることができますよう、不肖、鬼塚良一が前線に出て戦います」

国後と名乗る代議士は、唇を引き締めて、

「鬼塚くん、頼んだよ」と言い、「きみは、南方に行ったのかね？」

鬼塚が珍しくどぎまぎした態度を見せた。国後は事情を察したのか、

「いや、南方に行くだけが国士ではない。本土決戦で陛下を守るということも、立派な国士として評価さ

れるからな」

と言った。

鬼塚はいまなお黙ったままである。国後は、今度は智也の方を向いて、

「きみは？」

と訊いた。

「はい、支那でお国のために奉公してまいりました。わが連隊は、南京に攻め入り、漢口一番乗りを果たしました」

「第六師団かね？」

代議士の顔がぱっと明るくなった。智也が「はい」と答えると、

「あそこは、命知らずの師団。ああいう師団があったからこそ、日本は国体をなくすことなく、陛下のお命も安泰に進めることができたのだ」

と言って、智也の手を握って、

「ありがとう」

といまにもむせび泣きそうな表情だった。

戦友意識が芽生えたのか、終始上機嫌だった。この分だと、智也の訴えに、きちんと応えてくれそうだ。泰介は、やはり人間は外見ではないなと、自説にあらためて自信を持った。

事務所に戻る車の中で、智也は笑顔を絶やさなかった。

「これで一応の道筋をつけることができた。鬼塚もガキのころはワルだったが、少年院で改心したんだな。

立派な男になった」

泰介は黙っていた。鬼塚が立派になったという話はもっともなことだと思ったが、それでもまだ子どものころいじめられた記憶が残っているのは消えそうにない。自分の狭量を恥ずかしく思う。

それから一か月が経ち、二か月が経ちと、時間はあっという間に過ぎていった。

その間、鬼塚からのいい知らせはなかった。智也はしつこいと思われないように気を遣いながらも、折りを見ては鬼塚に進捗状況を確認していたようだが、返事はいつも、

「心配するな」

の一点張りで、具体的なことを何も言ってくれないと、智也は愚痴をこぼすようになった。

一方で好ましい動きもあった。反対運動の輪が徐々に広がっているのだ。

日田の近隣では小国杉の熊本県阿蘇をはじめ八女、飫肥《おび》、九州以外では東濃《とうのう》、木頭《きとう》、土佐、天竜、吉野、北山、長良、三河、紀州などの組合が智也の呼びかけに賛同して、近々集会を開くことになった。前もって、時限立法法案提出を要請する嘆願書も集まり、それは鬼塚に渡してあった。

しかし、それもなしのつぶてで、智也が鬼塚に何度も掛け合ったが、いつも「うまく進んでいる」と素っ気ない。

智也の苛立ちは日を追うごとに募っていった。

智也は、「国産材を守る会」を立ち上げ、とりあえず、九州の杉産地の林業関係者に働きかけて会合を持つことを提案した。日程、議題など、簡単なものを決め、まずは集まって話し合うところから始めること

になった。

泰介は、このところ秘書という名目で智也の鞄持ちに徹している。仕事が終わったときは、必ず泰介の意見を求めてくる。最初のころは戸惑ったが、数多くの人間と会うと、それぞれ違ったものの見方があって面白い。それを自分なりに話すと、智也は腕組みしたり、喜んだり、笑ったりする。その変化が面白くて、泰介の意見は徐々に過激になっていった。つまり、あら探しをするようになったのだ。そういう自分がいやになったと智也に言ったことがあるが、

「あのくらいは悪口とは言えん」

と言う。そういうものかなと意を強くした。それからは、遠慮することなく、思ったことを自由気ままに話すことにしたが、調子に乗って智也を侮辱するような言動だけはしないよう心がける。それは、戦場だけでなく、平和ないまでも泰介に目をかけてくれる智也への仁義だと思ったからだ。

「国産材を守る会」で天ヶ瀬温泉に一泊の慰安旅行を企画した。

泰介は、宿の手配、会員への連絡、参加希望者の確認、旅館探しと値段の交渉など、一切を任された。慰安旅行には、鬼塚も参加した。最初は躊躇っていたのだが、「会員がぜひ先生とお話ししたいそうです」と伝えると、参加する旨の電話があった。電話なので表情はわからないのだが、声のトーンからすると、仕方なくという感じではないようだった。顎足《あごあし》つきだということを伝えると、最初は、それは困ると言っていたが、最終的には応諾した。声のトーンが上がったので、やはり嬉しかったのだろう。

慰安旅行とはいえ、やはり懸案事項があるのだから、会議の時間も必要だ。昼の三時から二時間の予定を組んだ。話し合い、会員の結束を強くし、そして鬼塚にさらに頑張ってもらうよう頼み込むという狙い

だ。

　会議は粛々と進んだ。智也の挨拶に始まり、鬼塚にも国会での動きについて報告してもらい、簡単な質疑応答が出たが、鬼塚は貫禄豊かに対応してくれた。鬼塚が懸命に国会議員への働きかけをしてくれていることが伝わり、会員たちの納得顔を見ることができて、泰介はひと安心した。場所を変え、宴会の席へとみんな移動した。今回は慰安が目的なので、堅苦しい会議が早く終わり、打ち解けた中で、和気藹々と今後のことについて語り合うという目的は達成できそうだった。

　ところが、宴会が始まった途端、状況が一変した。

　切り出したのは土佐の人間だった。

「先生、早く立法の方をお願いできんかのう」

「まあ、手続きその他で、この手のことは時間がかかりますので、まあ、長い目で見てください。みなさんのお気持ちは十分理解しておりますよ」

「長い目と言われてもなあ。こっちは死活問題じゃきに」

「まあ、そのあたりもお気持ちは察しております」

「では訊くがのう。法案が提出されないというのは何が理由なんかね？」

「いま、法案づくりの段階のようです」

「え？」

　土佐の人間は、おおぎょうな声をあげた。

「まだ、できておらんのか？」

post card

恐れ入りますが、切手をお貼りください

810-0041

福岡市中央区大名2-8-18
天神パークビル501

書肆侃侃房 行

□ご意見・ご感想などございましたらお願いします。

※書肆侃侃房のホームページやチラシ、帯などでご紹介させていただくことがあります。
不可の場合は、こちらにチェックをお願いします。→□　※実名は使用しません。

書肆侃侃房　http://www.kankanbou.com　info@kankanbou.com

■愛読者カード

このはがきを当社への通信あるいは当社発刊本のご注文にご利用ください。

□ご購入いただいた本のタイトルは？

□お買い上げ書店またはネット書店

□本書をどこでお知りになりましたか？

01書店で見て　02ネット書店で見て　03書肆侃侃房のホームページで
04著者のすすめ　05知人のすすめ　06新聞を見て（　　　　新聞）
07テレビを見て（　　　　）　08ラジオを聞いて（　　　　）
09雑誌を見て（　　　　）　10その他（　　　　）

フリガナ
お名前　　　　男・女

ご住所　〒

TEL（　　）　　　FAX（　　）

ご職業　　　　年齢　　歳

□注文申込書

このはがきでご注文いただいた方は、**送料をサービス**させていただきます。
※本の代金のお支払いは、郵便振替用紙を同封しますので、本の到着後１週間以内にお振込みください。
銀行振込みも可能です。

本のタイトル	冊
本のタイトル	冊
本のタイトル	冊
合計冊数	冊

ありがとうございました。ご記入いただいた情報は、ご注文本の発送に限り利用させていただきます。

「まあ、この手の法律的関係は、そう簡単にはできないのでありますよ」

鬼塚の言葉には「まあ」が多いことに泰介は気づいた。とくに形勢不利のとき多用する癖があるようだった。

鬼塚の額には汗が滲んでいる。左の尻ポケットからハンカチを取りだして、ぱっと広げ、それで顔をひと拭きした。

みんなの目が、そのハンカチに集中した。奇妙な動物を見たときのような驚きと好奇の目がハンカチに貼り付いた。ため息を漏らす者もいた。

そのハンカチには、旭日旗がデザインされていたからだ。

泰介は思い出した。

一か月ほど前に智也とともに鬼塚の事務所に行った際、便所で奇しくも鬼塚と隣り合ったことがある。鬼塚はおもむろにベルトを緩めてズボンを腰のあたりまで下げて、小便をする。泰介は普通にズボンの前のチャックを開けるので、妙なやり方だなと思って、さりげなく横目で見ると、パンツの後ろに絵柄が見えた。泰介の視線に気づいた鬼塚が、「旭日旗だ」と言い、自慢げに笑った。妙な趣味の男だなと気持ち悪さを抱いたのだった。

「面白かハンカチ持っとるがな、先生」

と言ったのは、三河の人間だった。鬼塚は、一瞬凍り付いたが、すぐに口を大きく開いて笑い、

「わたくし、大日本帝国海軍・博恭王元帥を尊敬しておりますので」

「伏見宮は、もう宮家じゃないぎゃ。アメリカさんに皇籍から外されただぎゃ」

「だから何だと言うのかね、きみ」

と、鬼塚の言葉遣いが急変した。

「外されたのではない。費用削減ということで、自らお外れになったのだ。それも一時的なことで、いずれは復帰されるとのこと。いずれにしても、貴様の言うことは大日本帝国と皇族に対する侮辱であり、とうてい許されるものではない！」

「ほお、そうかいね。わしは、あんたの言ったことと違うことを聞いたけどな」

三河男は、めげることなく、さらに続けた。

「ついでに言わせてもらうがの。陸軍も海軍もみんなトップが馬鹿じゃから、戦争に敗けたんでな」

「失礼なことを言うな！　許さんぞ、貴様！」

鬼塚は三河男を指さし、逆上した。

立ち上がって、巨体をふらつかせながら三河男に歩み寄り、右拳を三河男の顔に向けて振り回した。しかし、三河男が軽くかわすと、鬼塚は勢い余って倒れ込み、テーブルの上の徳利やらビール瓶などが砕け散った。参集した者たちは、口を半開きにして見つめるだけだった。

会は後味の悪いまま散会となった。

智也はいまの出来事で、鬼塚がへそを曲げるのではないかと心配したようだった。

「口直しに、三隈荘にお連れいたします」

「いまからか？」

「三十分も走れば着きますよ。私は飲んでいませんので運転はお任せください」

「めんどうくさいのう」

「そうおっしゃらずに。三隈荘の女将も喜ぶと思いますので」

と言うと、鬼塚はふらふらしながらも、それまでの怒り肩を丸くし、にやついた。

鬼塚が三隈荘の女将にぞっこんという話は知らぬ者のないほど有名なことだった。

「電話をしてきますので、先生はこちらに」

と言い、智也は鬼塚をすでに布団が敷かれている部屋に案内したあと、帳場の方に歩いて行った。

戻ってきた智也は、

「先生、部屋を用意させました。先生のお名前を出したら、最上級の部屋を用意すると言ってました」

鬼塚がにやつく。

智也は、泰介に目配せした。

何事かと、智也のあとについて廊下に出ると、耳打ちしてきた。

一緒に三隈荘まで行ってくれということだった。

三十分もかからず三隈荘に着いた。

部屋に通され、和服姿の女将が鬼塚に酌をする。鬼塚は急に背筋を伸ばし、

「ありがとう」

とよそいき言葉を使ったので、泰介は心の中で苦笑する。

「鬼塚先生、国政にはいつ出られますの？」

「そう簡単に話は進まなくてな。後援会では、もうその気になって、いろいろと動いてくれているのであ

りがたいと感謝はしておる」

「素晴らしいことですわ。先生が代議士におなりになるのをいまかいまかと、三隈荘従業員一同お待ちしていますのよ」

「女将はどうなんだ？」

「どう？　と言いますと？」

「わしのことを応援してくれるのか？」

「もちろんですよ。何をいまさらそんなことを」

と、話が進み、鬼塚の顔から脂っ気が少し抜けたように見えた。

　機嫌を損ねると何をしでかすかわからない。子どものころから知っている泰介は心配になった。智也も同じ気持ちらしく、鬼塚の顔色が戻ったところで、こう切り出した。

「県議には不快な思いをさせて申し訳なく思っています。血気盛んな人間たちを束ねていくのは容易ではありませんが、私どもだけでなく、全国的に外材の輸入は林業に携わる者として死活問題ですので、何とぞよろしくお願いいたします。国政でご活躍される近い将来も、私ども全員で応援していきますので」

「おお、そうじゃの。国政か。わしには無理かもな」

「何をおっしゃいます。鬼塚先生は県議でおさまる方ではございません。国政の場で、焦土と化した日本の再興のためにご尽力いただかないといけません」

　他人が言うと、ちゃらちゃらしたおべっかに思えるような言葉でも、智也にかかると重みが出てくる。さすがに陸軍で上に立っていた男は、器が違うなと、泰介は感心した。

鬼塚はまだ女将の酌を受けたい素振りだったが、智也が、

「先生、そろそろ天ヶ瀬に戻りましょう。最高級の部屋を用意しておりますので、そちらでおくつろぎください」

と言うと、

「いや、あそこには戻らぬ。家に帰る」

と駄々っ子みたいに言う。

「承知しました」

と智也は言い、駐車場に先導した。

鬼塚を自宅まで送ったあと、二人はそのまま天ヶ瀬に戻った。

泰介は疲れ果てていた。早く部屋で布団にくるまって深く眠りたい。

智也も相当疲れているようだった。三河の人間が見境いなく喧嘩をふっかけたので、一番大事なことが議論できないままとなった。

駐車場に車を停めたあと、智也が「少し歩かないか」と言ったので、泰介は従った。

月明かりの中、砂利道を歩いた。智也と歩いていると、なぜか疲れが溶けていく。

「これからのことは、もう考えてるんだろう?」

と訊くと、智也は、

「そうだな」と言ったあと、「国とのパイプは鬼塚しかいないから、とにかく、鬼塚に働いてもらうしかないんだ、いまはな」

「大丈夫か？　鬼塚」

「まあ、やってくれるだろう。やってくれるように圧力をかける」

「趣味の悪いパンツ履いた男によいしょするのも大変な仕事だよな。智やんには頭が下がる」

と言った。智也は何にも返事をしない。不思議に思って、横を見ると、智也もこちらを見ていて、目が合った。

「いま、何て言った？」

「え？　何が？」

「パンツって言った？」

「うん。そうだよ。便所で連れションになったときがあってね。そのとき、俺、見たんだよな。あいつのパンツの後ろの部分、旭日旗の柄が入っているんだ。気持ち悪いだろう？」

と言うと、智也は、うっと小さくうめいた。

そして、旅館に着くまでひとこともしゃべらなかった。

「じゃあまた明日な。おやすみ」

と声をかけたが、そのときも智也は何も言わず、手も振らずに、うつむいたまま部屋に入っていった。

第四章　憤怒の行き先

1

矢島泰介の家族が住む大野村は、昭和二十五年に筑紫郡大野町となった。全面田んぼと畑だったのは昔のことで、いまは家屋が増えている。また戦後から朝鮮戦争当時は「ハウス」と呼ばれる米軍人の住居が散在した。誰が設計したのかわからないが、モダンな建物だ。板付基地は、泰介の家がある白木原から西鉄電車でひと駅の春日原にあった。高い塀で囲まれ、日本人は入ることができない。唯一、独立記念日の七月四日だけは、日本人に開放される。

基地の中は夢の世界だった。道はすべて舗装されて光り輝き、家は「ハウス」をさらに豪華にしたものだった。その日は屋台が出て、ダンスパーティが行われた。わずかにアメリカ人の姿も見えたが、大半は日本人、それも大野町の連中、田舎者が興奮状態で下手な踊りを披露する。羞恥心という言葉はなかった。それほど、異国情緒に酔いしれていたのだろう。

泰介は二、三度行ったことがあったが、あまり興味を持てず、また療養生活もあったので、とんとご無沙汰していた。

　久しぶりに行くことになったのは、小都に誘われたからだった。

「裕一が行くらしいので様子を見ようと思って。この前も言ったけど、裕一は最近おかしくてね」

　息子の裕一は地元の中学に通っている。来年高校に上がることになる。成績はまずまずなので進学校に合格できると担任の先生は太鼓判を押してくれるのだが、付き合っている人間がよくないのだと小都は言う。

「譲二とかいう不良でね。アメリカさんとのハーフらしいの」

「それが悪いのか？」

「ハーフだからというわけではないけど、喧嘩ばっかりしてるのがいやでね。最近は裕一も一緒になって喧嘩ばかりしよるらしい」

　誰に似たんだ？　と言いかけて、泰介は口を閉じた。

「それに……」

「まだ何かあるのか？」

　小都は頷いて、小さな声で言った。

「早苗ちゃんと付き合ってると噂で聞いた」

「早苗？　智也の娘か？」

　小都が頷く。

「十五歳だから、女の子を好きになってもおかしくはない。早苗ちゃんは、とくに可愛いからな。年上だからまずいのか？」

「そんなことじゃないけど」

「じゃあ、何だ？　あ、受験を控えて恋愛はよくないということだな。わかった。俺からも話してみる」

小都は小さく頷いただけだった。

裕一の実の父親は智也ではないかと以前から思っていた。確証はないが、小都の素振りでそう感じてしまう。ただ、智也の方にそれが事実と感じさせる気配が皆無なのだ。もし智也が小都の相手だったとするならば、智也の性格からして、泰介に詫びるはずだ。輸入自由化反対運動に没頭しているので気が紛れているが、ときおりもやもやとした気持ちが顔を出すときがある。そんなとき泰介は自分を叱咤する。一度小都を許したのだ。いまさら蒸し返すのは泰介の信条に反する。

基地内に入ると、大音量の音楽が聞こえてきた。浴衣姿の若い男女が目立つ。その中に裕一の姿を見つけた。裕一と同じくらいの背丈の男と話している。目鼻立ちのはっきりした顔立ちだ。小都が言っていたのはあの男だろう。青い目と高い鼻。ワルには見えない。

どうすべきか迷っているとき、後ろから、

「裕一くんのお父さん！」

と、女の声がした。振り返ると、若くて可愛い女の笑顔があった。

「もしかして、早苗ちゃん？」

「もしかしなくても早苗です」

と笑ったあと、笑顔を消し、

「父がいつもお世話になっております」

と、頭を下げた。

心身ともに健康な女の子だ。性格もよく、闊達な所作は好感がもてた。

「お世話になっているのは、私の方だよ。いま、お父さんは仕事が忙しくてね。早苗ちゃんの家になかなか帰れないと嘆いていたよ。寂しいね？」

「いいえ。平気です。父がいま大変な仕事にかかりきりだと知っていますから」

しっかりした子だなと感心していると、

「あ、裕一くん、あそこにいますよ。譲二くんも一緒だ。おじさん、行きましょう」

と、手を引かれた。

しかし、踏み出した二人の足はぴたりと止まった。

高校生らしき男五人ほどが、裕一たちを取り囲んだ。明らかに不良とわかる。喧嘩になりそうな空気が漂う。五人相手ではたちまちやられてしまうだろう。泰介は咄嗟に走り出していた。ひ弱な泰介だが、支那と南方で戦ってきたのだ。殴られることには慣れているし、度胸も人には負けなくなっている。

逸《はや》る気持ちを早苗が衣服を摑んで止めた。

ダンス会場は騒然となった。殴り合いが始まって、巻き添えを食いたくないが、喧嘩は見てみたいという人間たちが、入り乱れてつかみ合う七人の周囲を取り囲む。見えなくなり、泰介は焦った。裕一が大けがをしそうなら、助けに行かなくては。

とそのとき、人だかりに裂け目ができた。若い男二人が、必死の形相で這いながら人の輪から出てきたのだ。顔はぱんぱんに膨れ上がっている。よく見ると、裕一でも譲二でもない。ということは、裕一たちは善戦しているのか。人垣の隙間から泰介は覗いた。

譲二が目つきの悪い男の首根っこをつかんで顔面に拳を叩き込んだ。鼻血が飛び、男は目に涙を浮かべて、「助けてくれ」と哀願する。譲二は、男の尻を一蹴りして次の相手に向かっていった。裕一は、一回り大きい男に馬乗りになっていた。男はすでに死に体で、何らの抵抗もしていない。鼻はぐしゃぐしゃに潰れていた。

「鬼塚、てめえ調子こいてんじゃないぞ。町中で悪いことばかりしてるらしいな。強姦、強盗、なんでもありだな。二度と俺たちの前に現れるな。日田に帰って、やくざの親父の秘書にでもなれ、そのあとは刑務所だ」

泰介は耳を疑った。

鬼塚。確かに鬼塚と言った。あの鬼塚だろうか。

騒動がひと段落し、再び活気のある音楽が流れ始めた。参集した若者たちはそれまでの喧嘩のことなど忘れて踊りだした。花火が打ち上がり、暗い空が七色に染まる。音楽は、アメリカの国歌に変わった。

早苗の姿が消えたので捜していると、裕一のそばにいる。裕一は傷ひとつ負っていない。早苗は心配そうな表情で裕一を見上げ、何やら話しかけている。裕一の袖についた泥をハンカチで拭き始めた。拳は腫れているようだった。早苗が近くにある出店から氷をもらい、ハンカチに入れて裕一に渡す。裕一はそれで拳を冷やした。

仲がいいのだな。悪いことではない。泰介がそう思ったとき、袖を引っ張られた。

遅れてやってきた小都がいた。

「裕一と早苗ちゃん、いかん」

「何が？」

「若い男女が、あげん仲良うしたらいかん」

「別に悪いことじゃない」

「いや、いかん。早苗ちゃんに何かあったら、顔向けできん」

泰介が黙っていると、小都の口調がさらに激しくなった。


翌日は日田に戻った。

智也に喧嘩のこと、早苗ちゃんのことを話すと、

「それはすごいな。裕一くんは強くなったんだな。いいことだ」

と言い、早苗とのことについては言及しなかった。

「あ、そうだ。鬼塚先生には子どもはいるのかな？」

「もちろんいる。いまは福岡の高校に通っているらしい。何かあったのか？」

「裕一が喧嘩相手を殴りながら、鬼塚、と言っていたから」

「福岡には鬼塚姓はごまんといるが、似ていたか？」

「顔形が鬼塚に似ていた。それに、その男に向かって、日田に帰ってやくざの親父の秘書にでもなれと言っていた」

智也は、そうかと言っただけで、それ以上そのことには触れなかった。

時限立法の件は、遅々として進んでいなかった。その後二度、智也に連れられて鬼塚県議を訪ねたが一度は門前払い、二度目は居留守を使われた。

智也と泰介は一計を案じ、三隈荘で接待することにした。

八畳ほどの部屋で、上座に鬼塚を座らせ、両横に芸者を侍らせた。鬼塚の女癖の悪さは有名だったし、好みも知れ渡っていた。女将に頼んで、痩せて小柄な芸者を呼んでもらった。枕営業もなんのそのという強者《つわもの》だという。小夜という名の芸者を見た鬼塚は、案の定、鼻の下を伸ばした。小夜が徳利を差し出すと、ぐいぐいと飲み干した。元々赤黒い顔がさらに赤みを帯びている。鬼塚は小夜の身体を舐めるように見ながら杯を重ねていく。ひと通り、飲んで食事も終わったのを潮に、

「少しだけ席をはずしてくれないかな」

と智也が小夜に言った。鬼塚は不服そうだったが、

「先生へのお願いごとが終わったら、また声をかけるから帰らないで待機してくれよな」

と言うと、鬼塚の顔がほころんだ。

芸者がふすまを開けて出ていったのを見届けてから、智也が、「例のお願いの件ですが」

と切り出すと、

「心配するな、着々と進んでいる」

と言うが、具体的進捗を訊くと、それには答えてくれない。智也は、落ち着いた口調で、

「今度輸入自由化反対の連中で、上京する計画があります。農林省に陳情して、有力議員に面通ししてもらって実情を聞いてもらおうと思っています」

と言うと、

「やめろ！」

と、鬼塚は低い声で言ったあと、今度は怒号に変わり、

「わしに恥をかかせるのか！　お前たちのような下っ端が行っても、門前払いを食うだけだ。時間の無駄だけならまだしも、そのことが代議士先生の耳に入ったら、わしは面目丸つぶれじゃ。どう責任をとるつもりだ。馬鹿もいい加減にせい」

と同級生に対する言葉遣いではない。

額に青筋を立てている。

筋道立てて説得することに長けた智也も、鬼塚の急変に言葉が出ないようで、ただ呆然と見つめている。

鬼塚の怒りは、止まるところを知らず、それまで智也を見ていた目が、今度は泰介に向かった。

「おい、貴様！」

「はい？　何でしょう」

「何だ？　その人を食ったような返答の仕方は？　てめえは自分の息子の面倒さえ見れないようだな」

「は？」

「は、じゃねえだろうが。お前の馬鹿息子がわしの息子に何をしたか知らぬとは言わせねえぞ。仕事のつながりがなければ、お前の息子を鑑別所にぶちこんでいるところだ」

やはり鬼塚の息子だったのだ。

「お前の馬鹿息子は、無防備なうちの息子に因縁をつけて、殴りかかり、馬乗りになって唾を吐いたりこぶしで頬を何度も殴りつけたらしいな。いずれ、弁護士を立てて、損害賠償を請求するから、覚悟しておけ。あと、身辺には注意するんだな」

「脅しですか？」

泰介が毅然として訊くと、鬼塚は一瞬たじろいだ。

「とにかく、上京するのはやめろ」

と矛先をかわした。

「いえ、行きます」

と答えたのは智也だった。

「実際に会って、関税賦課法案がどの程度進んでいるのか、確認してきます」

「やめろと言っているのが聞こえんのか」

「先生のご苦労を身近に感じておきたいと思いまして。議員さんや農林省のお役人にお会いすれば、先生のご尽力が実感できましょうし、それに、先生任せだけではいけない、自分たちも微力ながら動いて、先生の負担を少しでも軽減できればと思っているのです」

「もう一度言う。上京は許さん」

「失礼ではありますが、許す許さないという権限は先生にはありません」

その言葉に、鬼塚の身体が小刻みに震え始めた。目の前の智也を指さし、

「一家がどうなってもいいんだな」

次に泰介を指さして、

「馬鹿息子は鑑別所で独房に入れられる、覚悟しとけ」

憤然と立ち上がった鬼塚は、ふすまを開けて出て行った。

部屋に残された二人は、どちらからともなく顔を合わせ、にやりと笑った。

笑ったのには、わけがある。

泰介はふすまをわずかに開けた。鬼塚の姿はすでになかった。ふすまを開け、女将を呼んだ。

「女将、悪いな。こんなこと頼んで」

と智也が言うと、

「お安い御用ですよ。あのいけ好かない豚男にはいつも苦い思いをさせられていますから」

そう言ったあと、仲居さんに声をかけた。

しばらくすると、仲居が重そうなものを抱えて部屋に入ってきた。

最近発売されたテープレコーダーというやつだ。

巻き戻して、再生すると、鬼塚の怒声が聞こえてきた。

「これでどうなるというわけでもないが」

智也は、玩具を与えられた子どものように、何度も再生している。頬は緩みっぱなしだ。やはり智也は大物だと、泰介は思った。

2

「矢島さん、電話。奥さんから」

事務の女性から受話器を受け取り耳に当てると、小都のいつもとは違う声が聞こえてきた。

「裕一がまた喧嘩ばして、相手に怪我させたとよ」

「ひどか怪我か？」

「右手首が折れたみたい。裕一が言うには、チンピラ風の男が寄ってきて殴りかかってきたらしくてね。それで軽くよけたら、安保反対の看板に右手がぶつかって折れたらしいの。裕一はなんもしていないと言ってるけど、うちにやくざみたいなのがきて脅された。古賀さんのご主人が仲間を呼んでくれて、チンピラはすごすご帰って行ったけど、また脅しにくるかもしれない」

「チンピラは何て言った？」

「どうも、この前の板付ベースのときのことを恨んで仕返しにきたみたい。鼻骨が折れたから治療費と慰謝料を出せと言ってた」

　子どもの喧嘩にヤクザを雇うのか。泰介ははらわたが煮えくりかえった。

「それに」

「まだ何かあるのか？」

「変な噂が立ってる」

小都が言うには、家の窓ガラスに石が投げられて割られた。その石は紙切れで覆われていて、広げてみると、「誰とでも寝る淫売女。矢島小都」と書かれてあったという。

それ以降、近所の人たちの態度がよそよそしくなったそうだ。

泰介の頭に鬼塚の顔が浮かんだ。

智也に伝えると、目を見開き、

「そこまでやるのか、あのくそったれは」

と怒り心頭だ。

「いいか、泰介、お前はこのことでは何もするな。お前が出ていくと、相手の思うつぼだ。それを狙ってやっている。この前の件が絡んでいるのははっきりしているので、俺が四方に手を尽くしてどうにか解決していく。ぜったいに手を出すなよ」

すぐにでも、鬼塚のところに怒鳴り込みに行こうと思っていた泰介は、智也の言葉で落ち着きを取り戻した。

気持ちが少し軽くなったのもつかの間、新たな事実が泰介を襲った。

三河の仲間から連絡があったと智也から聞かされ、その内容は、

「鬼塚は、関税賦課法案のことで何も動いとらんようだ。うすうすそんなことだろうとは思っていたが、まさか本当だとは思わなかった。少しでも期待していた俺が馬鹿だった」

智也は苦い顔をして続けた。

「それだけじゃない。あいつは自由化促進派に寝返っている」

「どういうことだ？」

「輸入自由化をさらに進める団体があるんだが、その理事名簿に鬼塚の名前があるそうだ。総合商社出身の代議士から名簿を見せてもらったらしい」

「裏切りか」

「いや、最初からそうだったようだ。その団体の創設メンバーらしいからな」

「じゃあ、どうして我々には、自由化反対だとか、任せろとか言ったんだ？」

「もちろん、票欲しさだ。鬼塚は日田の票で県議になったんだ。日田を敵に回したら選挙に落ちる」

「ばれんと思うとったのか？」

「日田の田舎者なんか容易にだませると思うてのことだろう」

「許せんな」

泰介が言うと、普段は温厚な智也の目が燃えていた。


「国産材を守る会」の面々が上京したのは八月の暑い盛りのときだった。

その二か月前には、日米安保条約反対デモで死者が出た。あれから二か月経っているといえども、安保闘争の余波は全国各地にあり、東京となるとどこよりも激しく荒れていると聞いていた。当然、代議士先生たちは多忙を極めているだろう。しかし、鬼塚の裏切りは「三河」を通じて全会員の知るところとなっていたため、延期するどころか直接行動の機運はさらに盛り上がっていたのだった。

年齢的に戦争を体験した人間が多い。中には将校クラスもいる。インパールの死のロードから命からがら帰還した者、あるいは特攻隊生き残りもおり、血気盛んだ。彼らは生死を共にした戦友を通じて人脈を広げている。

東京では江戸川の木材組合に挨拶にいき、その足で霞ヶ関に行って請願書の紹介者になってくれるはずの代議士を訪ねた。

ところが門前払いなのだ。

面会の約束は当然とっていた。にもかかわらず、約束した覚えはないと議員秘書が言う。

「先生は多忙を極めておりますので、あらためて、それなりの紹介者の紹介状をお持ちいただけますか」

三河の会員が一点突破とばかりに、秘書を押しのけて部屋に入ろうとしたとき、どかどかと足音を鳴らしながらやってきたのはプロレスラーかと思えるほどの大男が五人。みな、猪首で鼻がひしゃげている。耳もつぶれているので、やはり柔道、レスリングなど寝技の男たちだ。目つきの悪さは、臆病者なら震え上がるほどだ。鋭利な眼差しは極道そのもので、頬に切り傷のある男が一人混じっている。

五人はドアの前に立ち塞がって、こちらの出方を待っている。下手に手出しをしようものなら、即刻暴れ回るぞと、顔に書いてあった。

しかし、会員たちにヤワな奴は一人もいない。過酷な戦線から生きて帰ってきた強者たちだ。たとえ巨漢といえども、ひるむことはない。三河が、

「さあ、中に入って代議士先生と直談判じゃ」

と、大男たちの身体の隙間をかいくぐる。その後ろから特攻隊生き残りが三河をガードしながら、右手で大男の腕をひねった。何の術かわからないが、目の覚めるような仕掛けで、大男はその場に崩れ落ちた。

「わしゃ、何もしとらんけんの」

左にいた頬に傷のある男が特攻隊の前に立ちはだかる。身長差三十センチ。

「どかんかい」

と言ったのは特攻隊だった。

頬傷男が、にたにた笑いながら特攻隊の襟元を摑み投げ飛ばした。

特攻隊は床に倒れる寸前に右足を蹴上げ、見事に頬傷男のあごに命中させた。男は倒れて泡を吹いた。

「警察を呼べ」

と誰かが叫んで、ドアをわずかに開けて中に入ろうとしたとき、インパール帰還者が、男を突き飛ばした。男の身体がドアにぶち当たった。

部屋の中が丸見えとなった。

そこに、細面の青白い男がソファに座っている。

「何の騒ぎかな」

こちらを見ようともせず、部屋の隅でうろうろしている男に問う。

「はい、申し訳ありません。いま警察に連絡しました」

「不法侵入。暴漢たちにはしばらく拘置所で過ごしてもらいたまえ」

「はい、そのようにいたします」

うろちょろしている男が顔を隠そうとしているが、鬼塚良一であることはみんなわかっている。

「鬼塚さん、あんた俺たちを警察に売ったんか」

三河が顔を真っ赤にして詰め寄る。鬼塚にいつもの横柄さはなく、おどおどしていたが、インパール帰還者が右拳で鬼塚の肝臓のあたりに強いパンチを放った。鬼塚は膝を落としたが、顔は鬼の形相に変わり、

「お前ら、何をしているかわかっとるのか。こちらの先生は内務省ご出身。お前ら田舎者とは人種が違うんだ」

「で、その偉いさんのために、田舎者を裏切ったということかい？」

インパールが鬼塚を立たせ、今度は肋骨の下あたりを殴った。

そのとき警官が靴音を響かせながら部屋に入ってきた。

鬼塚が、インパール、三河、特攻隊を指さし、

「こいつらが下手人です」

指示するように言った。警官は、三人に手錠をかけた。なぜ、鬼塚の言う通りに警官は動くのか？　泰介は不思議に思った。

「責任者は？」

と警官が訊く。

「私です」

と智也が前に出た。

鬼塚がここぞとばかりに、

「この男が首謀者です。それと、あの男も」

と、泰介を指さす。警察が智也と泰介に、

「事情聴取するので、署まできてくれ」

と言う。

鬼塚が、へへっと笑って、泰介を見ながら、

「淫売の女房と離ればなれになるな。てめえがムショで臭い飯を食っている間に、おめえの女房は、また男を引っ張り込むとやろうな」

泰介が呆然としていると、智也が鬼塚に近寄り、

「貴様、恥を知れ！」

と言い、鬼塚の顔に右拳を叩き込んだ。

支那時代の智也を知っている泰介は、無意識に直立不動の姿勢になっていた。

鬼少尉と呼ばれた智也の面目躍如である。

手錠をかけられた三人は麴町警察署に連行された。泰介は、事情聴取を受ける智也に付き添った。智也は、先に手を出したのは相手サイドであり、それに対抗しようとしてもみ合ううちにドアが壊れて部屋に相手とともに入っていったのだから、正当防衛であり、不法侵入ではないと主張した。理路整然と警察官に話していく智也を頼もしく思う。

三人はその日は留置所に入ることになり、正式な処置は明日以降に決まるという。智也は警察の電話を借り、その席で知り合いの弁護士に電話を入れて弁護を願い出た。

鬼塚に対する智也の暴力行為は、鬼塚が被害届けを出すかどうかにかかっているそうだ。いまのところその動きはないと警官は言った。

宿舎に帰りついたのは夜の八時を回っていた。夕飯を済ませていない。手錠をかけられなかった二人とともに近くの定食屋に入ってビールを飲んだ。

「弁護士に頼んだし、こちらの言い分も警察が聞いてくれたので、万が一のことはないと思う」

「起訴されんちゅうことか」

智也は頷いた。

それにしても、警察は不思議なほどこちらに好意的だった。泰介が聞いていた警察は権力を笠に着て、傍若無人の態度をとるというものだった。

「あの警官、支那戦線で戦った仲間だ、俺の部下だった」

「そういうことか」

泰介は納得がいった。智也が言う。

「警察では幸運が続いたが、問題の本質は何ら解決の兆しが見えない。これからどうすべきか策を練ろう」

その日はビールを飲みながら、作戦会議を延々と続けた。閉店時間に店を出てからも、宿舎に戻って、智也の部屋にみな集まった。

いろいろな意見が出たが、その中でも、最も効果的と思える意見が吉野の会員から出た。

「この問題は我々会員だけでは解決でけへんと思うんや。全国の林業関係者に働きかけんといかんとちゃうやろか」

「それはわかっている。でも手立てがないし、金も足もない。電話での説得にも限界がある」

「手っ取り早いのは代議士を見方にすることやで。わしたちは最初からそのつもりやったんとちゃうか。

それがたまたま鬼塚みたいなボケが邪魔したもんやから、こうなってもうたんや。そやから、今度はちゃんとした代議士に頼もうやないか」

「どうやって探すんだ？」

泰介の質問に、誰からも答えが出てこない。

県の各種組合の力は弱く、圧力団体と言うには貧弱だった。集票マシンにもならないので、国会議員の協力を得ることも至難の技だ。しかも、木材輸入自由化は、石炭とまではいかないが、国主導で推進されている。三井三池に代表されるような激しい争議となった石炭のように身体を張る人間がいないのは、石炭を石油に切り替えるというほどのダイナミックな動きではないからだ。少なくとも、国は口では国内木材振興を標榜しているのだから、つまり、「食えなくなることはないだろう？」という一種の真綿で首を締める方式の政策だったのだ。

そういった国の姿勢をいいことに、鬼塚のような男が出てくる。いや、鬼塚は裏切ったのではなく、最初から自由化推進を進める議員と結託して、我々をだましていたのだ。九州の林業業界のボスと頻繁に接待攻勢をかけていたという話も聞いている。それは、我々自由化反対を唱える人間たちの処理について相談していたのかもしれない。

そういった意見が飛び交い、早急に善後策を練らなければならないという結論に達し、それぞれが、地元に戻って県と県選出の代議士に陳情することにした。

「野党はどうだ？」

と言う者がいた。

「何を馬鹿言っとるんじゃ。野党に頼んでも埒があかん。力不足や。しかも、頼んだりして、アカ呼ばわりされたら逆効果や。地元でやっていけんで」

　その意見に智也が割り込んだ。

「社会党ならいいんじゃないか。国会でも爆弾質問して与党がおたおたしとるぞ」

「質問で脅かしても仕方ないじゃろうが。行政能力があるのは与党やけんのう」

　と反論が出た。

　話はなかなかまとまらなかった。

　そんなとき、拘留されていたインパール帰還者たち三人が戻ってきた。智也の主張が通って、無罪放免となり、二日留置所に泊まっただけで釈放されたのだ。

　青白い国会議員も、別段異議を唱えることもなかったという。このことが表沙汰になれば、ヤクザ上がりの用心棒を雇っていることがばれると危惧したのかもしれない。

　鬼塚も被害届けは出さなかったようだ。

　こちら側に有利な一連の動きも、智也の部下だった警察官の尽力があったためだろうと泰介は思った。

　しかし、いいことばかりは続かない。幸運の次には不運が訪れる。世の常だ。

　日田に戻る前に福岡の家に寄ることにした。智也と西鉄電車に乗って白木原までいき、そこで別れた。

　家の玄関を開けたとき、すぐに異常に気づいた。部屋中に異臭が立ちこめていた。奥の部屋が見えた。床には食器類が散らばっている。いつも風を入れて部屋を清潔に保つ小都がこういうことをするはずはない。靴を急いで脱ぎ、倒れるように部屋に入った。

小都が畳の上に倒れていた。

揺り起こすと、薄く目を開いたとたん、泰介にしがみついた。

命に別状はなく、腕と足に軽いかすり傷があるだけなので、安心した。事情を聞いて、泰介の予想が当たったことを知った。

「やくざっぽい男たちが部屋に土足で上がり込んで、食器や置物を木刀で叩いて壊した。やめてと男たちにつかみかかったら、足蹴にされてしまって」

「顔に見覚えはあったか？」

「見たことない人間やった」

戸締まりをして、新たな鍵をつけなおし、部屋を片付けていると、門をどんどんと叩く音がする。小都と目を合わせた。小都が身震いする。

しかし、

「俺だ、岩城だ。開けてくれ」

暴漢が戻ってきたのではないことを知り、泰介は急いで門を開け、智也を部屋に招き入れた。

「裕一くんが警察に連れていかれた！」

と言う。

「鬼塚の息子とその仲間がうちの家の近くで待ち伏せして早苗を連れ去ろうとしたらしいんだ。早苗は裕一くんと会っていたらしく、夕飯の時間になったので別れて家路に着いた。そこに鬼塚たちが現れたというわけだ。裕一くんは、心配だったのか、理由はわからないがうちの前を通って自宅に戻ろうとした。そこで、早苗が鬼塚たちに囲まれている場面に遭遇したらしい」

「また喧嘩か？」

と泰介が訊くと、横から小都が、

「早苗ちゃんに怪我は？」

と訊く。

「鬼塚たちが早苗を無理矢理連れ去ろうとしたとき、裕一くんが現れて五人をたたきのめしてくれたので、早苗は無事だった。心配なのは、警察に連行された裕一くんのことだ」

泰介は、怒りが爆発しそうになった。

「鬼塚は卑劣だ」

智也は頷き、

「とにかく、俺はこれから警察にいく。早苗から聞いたことを話して、裕一くんを釈放するよう働きかけてくる」

言い置いて、智也はさっといなくなった。

智也の掛け合いのおかげで、裕一は翌日釈放された。しかし、それ以降、裕一は町中で喧嘩を繰り返す日々を送る。アメリカ独立記念日のときに見た譲二というハーフの男とともに札付きの不良というレッテルを貼られていった。

3

何を思ったか、智也は、

「杉林に行ってみないか」

と唐突に言った。

「ああ、いいけど、どうしたんだ、急に」

「こういうときは、真っ直ぐな杉を見るのが一番だ」

と答えた。車に乗り山に向かった。

山道はぬかるんでいた。四輪駆動の軽トラックがエンジン音を響かせながら山を登っていく。窓を開けているので、伐採のために杭を打ち込む音が聞こえてくる。晴れ渡った空から降り注ぐ太陽の光が、杉木立をかき分けながら差し込んでくる。幻想的な光景は、いつも心を洗ってくれる。

智也は車を停め、エンジンを切った。

ここからは歩きだ。

長靴がずっぽりと土にはまる。坂道を下るのに慣れていない泰介には至難の業だった。慣れている智也は軽やかに歩き進み、二人の距離が離れていく。必死についていく泰介だったが、急な坂道で転び、全身泥だらけになった。すぐに起き上がり、智也のあとを追う。

着いたところは、これまできたことのない場所だった。伐採がなされていないのか、杉と杉との距離が近い。密生した杉林という趣だった。

それでも、真っ直ぐ伸びた杉を見ると、清々しい気持ちになる。

「ここは、俺の私有地でな、考え事するときには、一人でやってくるんだ」

少し歩くと、杉が植えられていない空間があった。智也は用意したブルーシートを広げて、そこに寝そべった。

「こうやっていると、世の憂さが晴れてくるんだ。お前もやってみろ」

言われてごろりと横になった。

真っ青な空が見えた。少し首を回すと杉の緑が目に入る。智也の気持ちがわかった。確かに、気持ちが落ち着いてくる。智也が言った。

「ここに鬼塚を連れてこようと思っているんだ」

「え？　どうして？」

「こうやって、鬼塚を寝そべらせて、空と杉を見つめさせる。そうすれば、日田杉のよさに気づいてくれるかもしれないと思ってな。元々は鬼塚も先祖代々林業を営む家系だ。わからないはずはない」

「そうかな。俺は無理だと思う。あいつは、心底腐ってる。親子ともどもに」

「泰介」

と、智也は静かな口調で言った。

「何や？」

と訊くと、智也はポケットから何かをとりだした。

見ると、拳銃だった。

「南部十四年式か？」

「そうだ」

「そんな物騒なものをどうして持ってるんだ？」

「支那から帰るときに持ち帰った」

「そんなことできるのか？」

「あのころは、管理が杜撰《ずさん》でな」

智也がなぜ南部を持っているのか。その理由を考えると恐ろしくなった。

「智やん、まさか……」

「そうだ。これで鬼塚を殺す」

智也の目がつり上がっている。泰介はあわてて諫《いさ》めようとした。

「鬼塚の裏切りは許せない。それによって日田の林業関係者は仕事がなくなっていくこともわかる。でも、だからと言って、鬼塚一人を殺しても解決はしないんじゃないか？」

と言うと、智也は、

「あいつを殺す理由はほかにもある」

と答えた。

「ほかにって、何だ？」

と訊いてみたが、智也は口を真一文字に結んだままだった。

☆

鬼塚の事務所の床に智也と泰介は土下座をして頭を汚れた床に付けた。

「申し訳ありません。先生の顔に泥を塗ってしまいまして」

何ごとかと、鬼塚事務所の事務員たちが窓から覗く気配を感じながらも、泰介は土下座の姿勢を崩さなかった。足蹴にされれば甘んじて受ける。殴られれば、よけずに受ける。急所だけは防御するが、身体のどこを殴られ蹴られても黙って言うなりになる覚悟だった。

何分経ったのかわからない。下を向いているので鬼塚の表情も見えない。沈黙を保っている鬼塚が怖かった。

「きょうは、お許しをいただきに参りました。どうか、いままでの失礼の数々、お許しください。お許しが出るまで、どんなことでもいたします」

と智也が言う。

そこで、ようやく鬼塚が口を開いた。

「何でもするというのは本当か？」

「はい」

「よし、では二つ要求を出す」

「はい、なんなりと」

「ひとつは、泰介の息子を少年院に入らせること。あとひとつは、お前の娘の早苗をうちの召使いとして奉公に出すこと。どうだ？」

「息子のことにつきましては異存はございませんが、少年院と言っても、こちらから入れてくれと言って入れてくれるものでもありませんし」

と泰介が顔を上げて言うと、

「お前は子どものころから馬鹿だったが、いまも治っとらんな。わしが頼めば入れてくれるんじゃ。世の中はそういう仕組みになっとるのを知らんのか、どアホが！」

泰介は下を向き、頷いた。

「で、早苗の方も文句あるまいな」

「もちろんでございます。先生のところで修業できるのは早苗にとってもいいことですので、よろしくお願いいたします」

と智也は答えた。

「では、そういうことで決まりだな。一両日中に実行に移してくれ」

「鬼塚先生、わかりました。先生の顔をつぶさないよう、今後はしっかりと支援させていただきます」

「支援と言うが、輸入材のことはどうするんだ？」

「先生のご意向に沿うようにいたします」

「では、もうすぐ立ち上げる予定の外材輸入促進連盟でひと汗かいてくれ」

「承知しました」

と、智也は言い、

「先生、今回のお詫びといっては何ですが、今夜いつもの三隈荘にご招待させていただけませんか」

「あそこか。何時だ？　こちらも忙しい身なのでな」

「六時にお迎えにあがります」

「そこまで言うなら招待を受けることにしよう」

「はい。ただ、お店に行く前にちょっとお寄りいただきたいところがあります」

「どこだ」

「日田きっての美しい杉林と月が見えるところです。今日は中秋の名月です。日田の美しい杉林に月見の宴をご用意しております。そこで一献差し上げてからすぐ、三隈荘にお連れする段取りになっております」

「杉なんか見飽きておる」

「普通の杉林ではなく、私の私有林で、月明かりが見事に映えるところなのです」

「ほお、そういうところがあるのか」

「小夜さんを一足先にお連れして、先生をお待ちするよう伝えてあります」

と智也が言うと、鬼塚が口元を下品に歪めた。

第五章　推論

1

沖縄の九月はまだ日差しが強い。佐伯との話を終えて外に出た健介は、まぶしさに目を細めた。

いまは、何も考えられない。先ほどからずっと頭の中を疑問符がかけめぐっている。この放心状態がいつまで続くかもわからない。

これまで先祖のことに、あまりにも無関心過ぎた。知る必要もないと思っていたことも確かだ。しかし、それは時代を知ることに無頓着過ぎることだったと、いまは思う。

佐伯から聞いた話は衝撃だった。

父の裕一、祖父である泰介、そして泰介の盟友である岩城智也。それぞれが時代に翻弄されながらも、たくましく生きていた。

健介の祖父が泰介ではないことはすでに母から聞いていることなので驚きはないが、泰介と智也に対する鬼塚良一の裏切りと卑劣な行為があまりにも酷すぎることに、健介は自分のことのように怒りを感じた。

と同時に不満を感じた。それは、佐伯の話が中途半端に終わったからだ。佐伯は、その後の三人のことについて何も語ってくれなかった。拳銃を取りだして鬼塚を殺すとまで言った岩城智也がその後、どうしたのか。殺したい理由がほかにもあると言っただけで口をつぐんだ智也。その理由とは何なのか。佐伯に何度も問いただしたのだが、その後のことは知らないのだと言うだけだった。

けっきょく、佐伯の話は健介の心をかき乱しただけだったことになる。

健介はどうしても知りたいと思った。手立てはないかと思案した結果、二人の人物に思い至った。

中山一郎と三隈荘の女将の二人だ。中山一郎は矢島小都の弟である。そのころのことを知っているはずだ。また、三隈荘の女将は代替わりしているだろうが、運が良ければ当時の女将がまだ健在かもしれない。もしすでに亡くなっていたとしても跡継ぎの女将から、何らかのヒントを得ることができる可能性がある。

健介はすぐにスマホを取りだして母に電話した。母に事情を話すと、

「じゃあ、すぐに一郎さんに連絡を入れてみるわ。毎日が日曜日の人だから、体調さえ問題なければ、きょうでも明日でも会えるわ」

「三隈荘は？」

「この前行ったところよ」

「あ、あそこか。経営者は誰？」

「同じ一族よ。ただ、おじいちゃんの時代の女将さんはもう亡くなって、いまはお孫さんかな」

「それでも、少しは手がかりが見つかるかもしれないからな。そうだ、今夜、一郎さんの体調がよければ三隈荘で会うというのはどうだろう」

「相変らずせっかちね。わかったわ。一刻も早くお会いしたいと一郎さんに電話してみるわ」

中山一郎と午後七時に会うことになった。

健介は母親とともに午後五時に三隈荘に出向いた。女将には電話で用件を簡単に伝えておいたが、なにしろ祖父たちがお世話になった女将の孫で、世代が違うので記憶はほとんどないという。ただ、母親がまだ健在なので、訊いてみるとのことだった。どんなことでもいいので、と健介は女将に言った。それは正直なところだ。意味のないと思われることでも、何らかのヒントになることは、仕事柄、数多く経験している。

しかし、実際に会ってみると、現在の女将の母親からも、何も手がかりになることは聞けないことがわかった。認知症が入っているようで、話の辻褄が合わない。矢島泰介と岩城智也の名前を出してみたが、何も答えず、ただ首を横に振っただけだった。知らない、という意思表示だ。

「やはり無理のようですね。せっかくきていただいたのに」

と女将が謝る。恐縮していると、認知症の元女将が口をもごもご動かした。

「おばあちゃん、どうしたの？」

「ご飯はまだかの？」

「はいはい、もうすぐですよ」

先ほど食べたばかりなのだそうだ。女将は苦笑いしながら、「すみません」とまた謝った。

「ご飯の前にコトさんとあやとりばせんといかん」

もと女将の独り言に、健介ははっとした。

「いま、コトって言いましたよね」

「はい。そう聞こえました」

「私の祖母の名前かもしれません」

と言ったとき、また元女将が口をもごもごさせた。

「コトさん、大変だったねえ。でもね、あたしもあいつがいなくなってほっとしとるとよ。お母ちゃんも大変やったし、コトさんも大変やった。九月は、あたしは好かん」

健介は横に座る母と顔を見合わせた。それから、いまの女将に視線を移して、

「いまの話、どう思われますか？　お母さんは何が大変だったのでしょうか。それと九月が嫌いだというのはどういう意味なのか」

「母は、九月が好きなはずなのですが。少なくとも以前はそうでした。中秋の名月をいまかいまかと待っているくらいでしたから」

「矛盾してますね。どういうことなんでしょう」

健介は次の言葉を待ったが、元女将の口が再び開くことはなかった。


中山一郎は、小柄で無骨な男だった。九十を過ぎているとは思えぬほど矍鑠《かくしゃく》とし、背筋も伸び、顔は赤銅色で健康的だ。

「はじめまして」

と挨拶すると、

「中山です。よろしく」

と、歯切れが良い。

中山は酒が強いようだ。徳利を差し出すと、すぐに飲み干してしまう。顔が赤黒いので、酔っていても顔に出ないのかもしれない。

「早速ですが」

と切り出し、健介は話し始めた。

「昨日まで沖縄にいまして、そこで佐伯先生からいろいろと聞かせていただきました。佐伯先生は祖父の泰介と、岩城智也さんの二人と懇意にされていたとのことでした。木材輸入自由化で国内の林業が衰退するのを阻止するために二人は大変な苦労をされたと聞きました。中山先生は祖母の弟さんですので、間近でそのときのことを見聞きされていたと思いますので、詳しく教えていただけないかと思いまして」

「それは記事にするのですか？」

「いえ、あくまでもプライベートです」

「ではお話ししましょうと言いたいところですが、実は当時姉は福岡、私は日田でしたので姉から話を聞いたことはほとんどありません。ただ、泰介さんと智也さんは、ほぼ日田の方におられたので話をする機会はあったのですが、それもたまに会ったときに挨拶をするくらいでした。何しろ、家も離れていましたし、たまに製材所に行っても、二人とも出かけていることが多くて、ほとんどそのことを直接聞く機会はなかったんです。ただ、職人さんや、事務の人たちからは、お二人の噂話を聞くことはありました。岩城製材の社員さんたちは、いつ首切りされるか心配していました。木材の売れゆきがひどく落ちましたからね。工務店は安い外材を使いますしね。日田杉や檜、銘木を使うのは豪邸に限られていましたから。数的にはそんなに出ない。大半は外材と合板です」

「祖父と智也さんが輸入自由化反対運動をされていたことを、社員の方々はどう捉えていました？」

「それはもちろん賛成してましたよ。自分たちの生活にかかわることですからね」

「東京まで行って陳情したり、そこでひと悶着あったことなどはご存じですか」

「ひと悶着？　どんなことです？」

中山は東京の議員会館でのことを知らないようなので、ひと通り説明した。

「そういうことですか。それだけ暴れて無罪放免というのは、智也さんの軍隊時代からの人望でしょうね。面倒見のいい方だったので」

「岩城製材は、けっきょく倒産したんですね。従業員の方々はどうされました？」

「智也さんは、資金がまだ底をつかないうちに会社をたたむことを決断されました。残った資金を社員の退職金にしました。足りない分は、自宅を抵当に入れて銀行から借り入れしたようです」

「智也さんは、その後は？」

「福岡の家族のもとに帰られ、米軍基地で働いたようです」

「鬼塚さんはどうされました？」

と、唐突に鬼塚の名前を出してみた。

沖縄の佐伯からは、祖父と智也が鬼塚をどう処分したのか聞くことはできなかった。ずっと日田に住んでいて、祖父と親戚筋に当たる中山なら知っているはずだ。しかし、たとえ知っていても話してくれることはないと思った。だから表情の変化で判断するしかないと健介は思ったのだ。

ところが、健介の思惑は外れた。

「鬼塚はいなくなりました」

「いなくなった？　どういうことです？」

「消息を絶ったということです」

「警察は？」

「もちろん、近隣を大捜索しましたし、利害関係がある者への事情聴取もありました。当然、智也さんと泰介さんも警察に呼ばれて、厳しい尋問を受けたようです」

「それで、どうなったのですか」

「死体が発見されて、殺人とでも断定されたのなら、お二人は重要参考人として、さらに厳しく追及されていたでしょうね。何しろ、鬼塚を恨んでいたようだという証言はたくさんありましたから。しかし、死体がないのだから、身柄の拘束や、ましてや起訴するなんてできませんからね」

と、中山は笑顔に近い表情をつくり、

「けっきょく、捜査は打ち切られました」

はっきりしたことがわからないまま、しかも事実を知る手立てがなくなったので健介は落胆した。

鬼塚は行方不明、というのが唯一の真実として残っただけだ。

健介は、あらためて中山に礼を言い、酌をした。

中山は気持ちよさそうに杯を重ねていく。九十歳の飲みっぷりに健介は感嘆する。元々は伐採の職人だったそうだ。森林組合を辞めてからもしばらくは自ら山に入り、間伐や木出し作業をやっていたという。

健介は現場を見たくなった。中山に頼んでみると、

「お安い御用ですよ」

と請け合ってくれた。

飲むうちに、気になっていたことを思い出した。

「鬼塚さんの息子さんはどうされました？」

と訊くと、中山は急に眉をひそめた。鬼塚の息子は、健介の父が春日原の板付基地で喧嘩した相手だ。

「少年院を出たり入ったりして、一時は博多の暴力団の組員をやっていたそうですが、その後は更正して、日田で土建屋をやっていましたが、いまは隠居しているのではないですか」

「それはよかったですね」

と健介は言いながらも、ではどうして中山は鬼塚の息子のことを訊いたとき眉をひそめたのか、その理由を考えていると、

「実は、鬼塚は我々に敵愾心を持っているんですよ」

「理由は何でしょう？　まさか、昔のことを蒸し返しているのではないでしょうね」

「父親は殺されている。泰介と智也に殺されたんだ。いつか仕返しをする、といろんなところで吹聴しているんです。それが耳に入ってくるものだから、どうも落ち着かなくて」

と言った。

「もう何十年も前のことなのに」

「死体が出てこないし、家出する理由もないと思っているのでしょう。まあ、息子としては当然の気持ちでしょうが、それを個人名を特定して言いふらすというのは許せません」

　横から、母が同調の言葉を足した。

「たまに、うちにきて脅しをかけたりしてたのよ。お父さんが生きていたときは、追っ払っていたけれど」

「警察沙汰にしましてね」と、中山が続ける。

「あまりひどいので、警察に相談したら、厳重注意してくれたようで、それからはおとなしくしていますが、町で会ったりすると、にらみつけるような目つきです」

「すでに犯罪行為ですね。今度そういうことがあったら、僕に伝えてくださいね。こういうことは記者生活の中ではよくありますので、対応は容易にできます」

　と言うと、母が健介を見て、

「あら、もっと早く相談すればよかったわ」

　と笑った。

「ところで、鬼塚が行方不明になってから、輸入自由化反対運動に変化はありましたか」

「智也さんも泰介さんも頑張りました。しかし、あれは国策ですから、どうあがいても覆すことなどできはしません。自由化のはじまりは、アメリカの木材が余剰となったために、日本に輸入を押しつけたことですからね。政治家の利権と絡み、大資本の商社の事業の大きな柱となり、そうなると、簡単にはいきません。小麦、石油、そしていまの原発と構造は同じです」

　健介は頷くしかなかったが、

「鬼塚の裏切りがなければ、国も動いた可能性はないですか」

「ありません」

と、中山は断言する。

「一緒に陳情に行った吉野、三河などの反対運動の方々も同じように、為す術もなく終わったのですか」

「自民党優位の時代です。地方の有力者はほとんど自民党です。林業にかかわる人たちの上層部も同じでしたし、日本経済が上向きになっていた時代ですからね。安い外国産木材を使えば家が安く建てられます。世論の後押しも期待できなかったのです。残念ながら初めから勝ちめはなかったのですよ」

その日は、午後十一時まで中山と話した。高齢だから酷かと思ったが、その心配はなさそうだった。母が運転する車を降りたときも、酔っているようには見えなかった。

明日は間伐と木出しの現場を見せてもらうことになっている。


翌日、朝食をとったあと、母が用意してくれた作業着と長靴を履いて車に乗った。作業着を着るときも、長靴を履く時も、母は見ていて、

「お父さんとサイズが同じね」

と言った。

中山の家に寄り、後部座席に座ってもらって山に向かった。健介は、佐伯から聞いた話の最後に出てきた智也の私有林のことを思い出して、中山に訊いてみた。

中山は、

「あそこは、いまはどうなっているんでしょうね。数年前見たときは、何の手入れもされておらず、雑木林となっていました」

と答え、母が運転する車が林道を走っているとき、

「千佳子さん、ちょっとここで停めて」

母は林道の端に車を停めた。車を降りて坂道を下り、杉木立の中を歩いた。

「このあたりが智也さんの私有林です」

しかし、中山が言ったような雑木林ではない。中山も気づいたようで、

「おかしいな」

と首をひねった。母が何を思ったか、先に立って歩き始めた。

中山が黙ったまま母のあとをついていく。健介も二人に吸い寄せられるように下草を踏みながら歩いた。

道なき道を下っていた母の足が止まったところは、縦横十メートルほどの平らな場所だった。杉は等間隔に立っている。つまり間伐が進んでいるのだ。

この光景、見たことがある。

母を見ると、黙ったまま空を見ている。健介も釣られて見上げた。

周囲を杉に囲まれた形で、大きな太陽があった。まばゆい光に目を細める。

思い出した。佐伯から聞いた場所だ。佐伯の話がリアリティに富んでいたので、疑似体験したのだ。

「ここは、月明かりがとてもきれいなの。何度もお父さんときたのよ」

月明かりと聞いて、疑似体験だと思ったことが間違いないと確信した。

母の話だと、智也はこの私有林を泰介に譲渡したのだと言う。名義は裕一とし、その手続きが終わるのを待っていたかのように泰介は静かに息を引き取ったそうだ。

母が言うには、父は私有林が自分名義となっているのを知ったのは日田の古家に住み始めたときだったそうだ。その後の動きは速く、森林組合の協力を得て、間伐し植林して、立派な杉林に変えた。

説明を聞いているとき、健介の頭に閃いたことがある。それは、これまでの中で聞き知ったことがひとつにまとまったものだった。佐伯が話してくれた拳銃のこと、鬼塚良一の息子が、父親は智也と泰介に殺されたのだと吹聴していること、そして、智也自身が鬼塚良一に殺意を持っていたという佐伯の話によって出てきたことだ。しっかりとした証拠などない単なる推論だが、調べてみる価値はありそうだった。

この地に、鬼塚の死体が埋められているのではないか、というのが健介が考えた推論だ。もし智也と泰介が鬼塚を殺したのならば、佐伯が口を閉ざすことも当然のことだ。

「俺、もう一日、泊まるけどいいかな」

母に言うと、怪訝な顔をしたが、すぐに笑顔を見せ、

「私は大丈夫だけれど、美里さんと周平ちゃんは大丈夫なの？　あ、それに仕事は」

「平気だよ」

と、答えた。健介の頭には鬼塚の死体のことしかなかった。

ここに白骨と化した鬼塚の死体があるはずだ。健介には確信があった。

その反面、鬼塚の白骨が出てきたとして、それをどう処理すべきか。遺骨を鬼塚の息子に渡せば、そこから警察の再捜査が始まる。亡き祖父と智也の犯罪が浮き彫りになっていく。それは避けたい。しかし憎

き相手だとしても、鬼塚家の人たちには真実を知る権利がある。

「健介、何を考えているの」

と母が訊いた。

中山も健介をじっと見ている。

健介は思いきって、自分が想像したことを話した。

健介の話を聞き終えた母は、

「思っていることを躊躇するのはよくないわ。やってみることね。事実を知るために」

と後押ししてくれた。中山は、

「千佳子さんの言う通りだ。よし、私が協力しよう。と言ってもこの歳だから私にはできないが、知っている職人に頼んで機械を運んでもらい穴掘りをしてみよう。ここにも杉の苗木を植えたいので、土壌調査の一環だとでも言えば、変に思われることはない。運転は息子に頼むので、たとえ骨が出てきても気にしなくていいよ」


翌朝、小型ショベルカーが現場に入り、穴掘り作業が始まった。もし祖父たちが死体を埋めたとなるとスコップを使ったのだろうから、せいぜい二メートルかそこらの深さと思われる。健介は、重機が掘り出す土を検分《けんぶん》していく。作業が半分ほど終わり、土の山がいくつもできた。スコップでは無理と判断して、鍬《くわ》を使うことにした。柄を握り、ブレードを手前に引きながら探していく。作業はスムーズだったが、量が量だけに、これではいくら時間があっても足りない。

そこで、ショベルカーの運転をしてくれている中山の息子に、堆積した土をショベルカーで均《なら》して欲しいと頼んだ。彼は快く引き受けてくれた。ぐるりと向きが変わり、油圧アームが伸びてブレードが土を均していく。あっという間の作業だった。五分ほど経ったとき、白いものが見えた。

「ストップ」

健介は大声で運転手に合図した。

アームの動きが止まった。スコップを手にして、白いものが見えたあたりの土を丁寧に取り去っていく。

「人骨だ」

仮説が当たった。

用意してきた骨壺に、ありったけの骨を収めた。

「それ、どうするつもりですか？」

と中山が訊く。

「ＤＮＡ鑑定にかけます」

「警察には？」

「届けません」

「あとでばれたら大変ではないですか」

「はい。でも警察にあずけることはできません」

中山は頷いた。健介が懸念していることを理解してくれたのだ。

「ＤＮＡとなると、鬼塚の髪の毛とか唾液とかが必要になりますね。それは私の方でどうにかしましょう。

鬼塚の息子はすでに隠居の身、無防備になっています」

「ありがとうございます」

と礼を言うと、中山は意外なことを言った。

「その前に、調べなくてはならないことがありませんか」

「何でしょう？」

「その骨が本当に人骨なのか」

え？　と健介は声を出していた。

「知人を紹介します。懇意にしている医者なので、こっそり調べてくれます」


白髪の医者は、診察台に骨壺からとりだした骨を並べた。骨のひとつを手にとって、じっと見ていたが、

「まあ、調べるのが一番だ」

と言い、鋭利な刃物を取り出して、骨片を薄く切り始めた。それぞれの骨の薄片をつくり、テーブルに置いた。横には顕微鏡がある。医者はスライドガラスに薄片を載せ、上からカバーガラスをかぶせた。顕微鏡に載せて、医者は接眼レンズに両目を当てた。焦点ハンドルを回し、じっと覗いては、目を離し、横に置いた紙にメモしていく。

かなりの時間が経った。それでも健介は飽きずに医者の行動を目で追っていた。

医者がふっとひと息つき、こちらを見た。健介の身体に緊張が走る。

医者が口を開いた。

「獣骨です。おそらく犬でしょう」

医者の説明によると、骨には血管などが通るハーバース管というものがあり、人骨と獣骨では口径が違う。人骨は三十五から四十七ミクロンであるのに対して、獣骨は十二ミクロン前後であるという。

健介の落胆は大きかった。ショベルカーまで出してもらったこともさることながら、自分の仮説が崩れたことが悔しかった。

2

「そんなにがっかりすることはないんじゃないの」と母は言い、さらに、「もう鬼塚のことは忘れて、仕事に専念しなさい」

とたしなめられたが、そう簡単にあきらめることはできない。祖父母、岩城智也、そして父が受けた仕打ちのことを考えると血がたぎるのを抑えることができないのだ。

翌朝、バスで天神に出て、地下鉄で福岡空港に着いた。十時十分の飛行機に乗り、昼過ぎには会社に戻ることができた。

記者たちはみな出払い、編集局には数人がいるだけだった。デスクに座り、辺野古の記事を書き始めた。真ん中あたりまで書いて手を止めた。急ぐ記事ではない。明日は特集のまとめ作業の担当日だ。集まっている記事に目を通す。小さなコラムを書き上げて、ひと息ついた。

家に帰ると、久しぶりに早く帰宅した美里と息子の三人で食卓についた。

「おばあちゃんが周平に会いたがっていたぞ」

と言うと、にこにこ笑って、

「お小遣い欲しい」と言い、夕飯をささっと済ませて、急いで部屋に戻る。

「宿題、ちゃんとしなさいよ」

と美里が言う。周平は、

「まかしてちょんまげ」

と言って急ぎ足で部屋に駆け込んだ。

「テレビゲームよ」

と美里が言う。それほど気にしている風でもない。

「収穫あったようね」

と美里が話題を変えた。

「沖縄は大収穫さ。佐伯さんは、本人たちが乗り移ったように話してくれたよ。まるで恐山のイタコだったなあ」

「そんなに？」

「なにしろ、日中戦争、太平洋戦争まで遡《さかのぼ》り、ブーゲンビル島での捕虜生活から日本への帰還と、歴史の勉強をしている気分だった」

健介は、父の裕一が戸籍上の祖父である泰介の実の子でないことは隠した。

「輸入自由化のことなんだけれど、資料はこの前渡したものくらいしか見当たらないものだから、古参のノンキャリに訊いてみたの」

「どんなこと？」

「その人も、先輩から聞いたので又聞きだし、記憶もあいまいかも知れないがと前置きして話してくれたんだけど」

健介は黙って美里の言葉を待った。美里が続ける。

「木材輸入自由化に反対する役人がいたそうなのよ。キャリア官僚で将来の次官候補だったらしいの。アイビーリーグ留学経験のある人でね、部下からの人望もあった人。外国にいると日本が見えるとよく言うじゃない。そのキャリアは強硬に関税賦課を言い張り、各方面に働きかけたのよ。説得力のある人だったので、意見が通る寸前までいったらしくてね。でも、結果的にはボツとなったらしいわ」

「そうか」

ありがちな話だと思った健介だったが、美里の次の言葉を聞いて、手元のワイングラスを倒してしまった。

「その人、失踪したの。いまも行方不明なんだって」

健介はうなった。

「キャリア官僚はいまで言う上級国民だから闇に葬られることはほとんどないんだがなあ」と言うと、美里は、

「詳細がわからないので何とも言えないけれど、当時もかなり根の深い問題だったということよ」

と言った。

その夜は、なかなか寝付けなかった。

隣で眠る美里の静かな寝息を聞きながら思いついたことがある。

健介は寝室を抜け出して書斎に入った。時間はすでに日をまたいでいる。母はすでに寝ているだろう。

しかし、明日まで待てなかった。

電話で、母をたたき起こした。

「祖父の遺品はそこにある？」

「何が欲しいの？」

「手紙類」

「あるわ」

「送ってくれないかな」

「いいわよ。でもあなたが期待しているものではないと思う。どうせなら、岩城智也さんの手紙類を見せてもらった方がいいのではないの」

確かに母の言う通りだ。祖父は、岩城智也と行動をともにしてはいたが、全国の反対運動の人たちや政治家、官僚たちと交渉していたのは智也だ。

「でも、他人に見せたりはしないよな」

「息子さんに頼んであげようか。ほら、亡くなった早苗さんの弟さん」

「うん、頼む」

母は頑張ってくれたようだった。三日後に宅配便が届き、開けてみると、手紙の山だった。いずれもヤケが激しく、紙は方々が破け、文字も薄くなっていて読みづらい。

差出人を見ながら選別した。反対運動で結束した人たちからの手紙を読みたかったのだ。

三十通ほどが該当した。しかも、岩城智也と祖父が霞ヶ関に行った一九六〇年に集中していた。反対運動を具体的にどうやっていくか、組織として動くときの制約や問題点についての意見交換が大半を占めている。ことの成りゆきについては、ほとんど沖縄の佐伯から聞いていることだった。差出人は吉野、秋田、三河など、連携して反対運動を進めていった人たちだ。目を見張るような事実は書かれていなかったが、いくつか収穫もあった。

一つは、健介の祖母である小都から智也に当てた手紙、もう一つは、鬼塚からのものだった。

小都の手紙には、時候の挨拶、夫の泰介が仕事と金銭面で世話になっていることの感謝の気持ちが綴られている。金銭面と言っても、通常の給料ということだから、あらためて礼を言う必要のないことではあった。つまりは、幼なじみで、かつ戦友であるというだけで夫に目をかけてくれることが嬉しいのだろう。さらには夫の泰介が裕一を自分の子でないことを知りながらも可愛がり育ててくれることを喜んでいると書いている。

気になるのは、しつこいほどに感謝の意を告げている点である。曲解すれば、「裕一はあなたの子どもです」と暗に言っているように取ることもできた。智也がこのことに対して小都にどういうことを書き送ったかは、智也の手紙がないいま、想像するしかないのだが、文脈から推測するに、裕一が智也の子どもであることは間違いないようだった。「悪いことをした、などと言わないでください」や「罪滅ぼしなど必要ありません」という文章が書かれてあったからだ。

健介の父親である裕一には二人の父親がいて、二人とも裕一を見守ってきたのだ。その裕一が高校を中退して東京に出て、印刷会社で仕事を覚えて独立したこと、高校時代は喧嘩にあけくれていた不良だったのが、東京では真面目で無口で非暴力の男になったこと、努力して独立し印刷会社を切り盛りしてきたことを、健介は息子として誇らしく思う。

手紙の束の中に二枚の写真がはさまっていた。いずれもセピア色だったが、顔や服装などは判別できる。

一枚は軍服姿の男が二人。身長は同じくらいだが一人は背筋が伸び、肩幅も広い。金星の数が多いところを見ると、この男が岩城智也だと察しがついた。となると左にいるのが祖父の泰介だろう。なで肩で眉毛が下がっていて、人の良さそうな男に見えるが、目つきは鋭かった。

もう一枚には男女が礼装で写っていた。結婚式をしたのかどうかわからないが、記念写真として撮られたものである。男が泰介。女性が小都ということになる。祖母はかなりの美人だった。目が大きく、鼻筋が通っている。頬がふくよかで、人の良さそうなところは、夫である泰介と同じで、その意味では似合いの夫婦に見えた。

二枚の写真を見つめていると、ふと父の顔が浮かんできた。顎の張った四角い顔は健介に引き継がれている。濃い眉毛もそうだ。

写真に写る祖父と智也。祖父は明らかに父裕一には似ていない。智也は背筋や肩幅が広いところは似ているし、顔は面長だが、戦時中のこと、痩せていても仕方がない。それに何よりも、眉が太くて濃いところが、父や健介にそっくりだった。

戸籍上の祖父と、実の祖父が並んで写っている写真を見るのは、複雑な心境だった。

健介は二枚の写真を元に戻した。

興味をそそられたもうひとつの手紙は鬼塚からのものだった。

最初の一行に、健介の目は吸い込まれた。

「脅しか？　何の証拠があって言うとるんや？　わしがわざと手紙で返事しているのは、お前が宣戦布告したことを証明するためやぞ。おまえが、これからさらにその件で突っ込んできたら、それなりの対応をするということや」

はて何のことだろうと読み進めてみると、

「旭日旗はわしの命よりも大事なものや。おまえも天皇の赤子《せきし》として戦場で戦ったならわかっていることやろうが。旭日旗は、当時はみな持っていたもんや。たったそれだけで、わしを犯罪者扱いするなや。痛い目にあうぞ」

旭日旗といえば、佐伯の話を思い出す。鬼塚が旭日旗の絵柄が入ったハンカチやパンツを愛用していると聞いた。健介は、鬼塚は単なる軍事オタクなのだろうと思っていたのだ。

犯罪とは何のことを指すのか？

母に電話で訊いたみたが、

「旭日旗？　犯罪？　わからないわ」

と答えた。当然の回答だった。智也はすでにいない。遺品管理者である息子の岩城明は、手紙を読んでないのでわからないと言う。

鬼塚が手紙に書いた「犯罪」というのは智也や泰介の家庭を脅《おびや》かし、裕一を少年院に送り込もうとしたことを指しているのだろうか。やり過ぎれば犯罪だが、当時はいまと違って個人の権利意識は薄かったのだから、犯罪として恫喝するようなことではないように思う。

　翌朝、朝食のときに美里に話してみた。

「旭日旗と犯罪？　私にわかるわけないじゃないの。関係者の図式もまだ頭に入っていないのよ。そのことを度外視して勝手なことを言っていいのかしら」

「ああ、いいよ」

「そうね」と美里はしばし黙ったあと、

「単純に考えただけだから笑わないでよ」

　健介が頷くと、

「旭日旗をつきつけて、これがれっきとした証拠だ、と言っているわけでしょう。旭日旗を持っている者はたくさんいるのだから、俺に特定するのはおかしいと鬼塚は言ってるわけよね」

「ああ、そうだ」

「鬼塚はどんな犯罪を犯したのかな。言いふらすことなどは、いまでは名誉毀損となるけれど、昔はそんなんでは立件してくれないだろうし、輸入自由化反対運動で裏切ったと言っても、それは道義的なものであって、法律の適用外ね。そうなると、鬼塚という人間は、お馬鹿のようで、けっこう用意周到なのかもしれないわね」

「尻尾は出さないぞ、と」

「そう。ということは、重大な犯罪を犯しているということになるわね」

「重大といえば、殺人か？」

「そうね。強盗殺人だったらさらに重大ね」

と言ったあと、美里は「あっ」と叫んだ。

「重要なこと忘れてた。鬼塚って県議だったんでしょう。だったら、贈収賄があるわね。議員の贈収賄は重大犯罪よ」

「商社から金もらって便宜を図る？　しかし、鬼塚に政策変更への便宜を図るほどの力はないな」

「でも、収賄は成立するわ」

健介はすっきりしないまま、「もう少し考えてみる」と口を濁した。

会社で仕事がひと段落したとき、美里が言った「収賄」のひとことが気になり始めた。

現政権は特殊で、収賄事件ももみ消されることが多く、健介の会社でも収賄事件はニュースにならないという風潮があることも確かだ。七〇年代八〇年代とは明らかに違う政治状況になっている。だが鬼塚たちが生きていた時代は大きな問題となった可能性もある。しかし、鬼塚へ贈賄する企業や人がいるだろうか。大臣ではなくても代議士ならあり得るだろうが。

その日の夕方、美里からＬＩＮＥが入り、外で何か食べないかと誘いがきた。息子の周平は塾の日で、帰宅は十時だという。健介は一も二もなくＯＫした。美里が外食に誘うときは、興味深い話を仕入れたときが多い。

六時に神楽坂の割烹で落ち合った。

「実はね」

と美里は切り出した。

「行方不明になった旧通産省キャリアのことなんだけどね、その人ってミッドウェイ海戦に従軍していて、海軍の強者だったそうなのよ。海軍って言えば、旭日旗だなと思って、当時のことを知っている人に聞いてみたの。そうしたら、そのキャリア、いつも旭日旗をポケットに入れていたんだって！」

「それはありがたい情報だな」と美里に礼を言い、

「ひとつの仮説は成り立つな。木材輸入自由化の反対運動をリードしていた元海軍将校が持っていた旭日旗を鬼塚が持っていたという……」

「智也さんたちは当然、その元海軍将校と接触していたと考えておかしくないわよね。旭日旗を見せてもらったこともあると思うのね。その旗に特殊な目印があったとすると、鬼塚の犯行の証拠となりうるわよね」

「目印か。たとえば血の跡がついているとか、イニシャルが入っているとか」

ワインボトルが空いたので、もう一本頼んだ。二人とも酒豪なのだ。

「まずは中山さんに確認してみよう」

携帯を取りだして中山に電話を入れた。三回ほどのコールで中山は出た。事情を説明すると、

「智也さんは戦争嫌いでしてね。将校なのに軍隊生活になじめないと言っていたくらいですから。それに智也さんは陸軍ですから旭日旗を持つはずはありません。実際、私は見たことはありませんよ」

「いえ、智也さんが、ではなくて、行方不明になった官僚のものを鬼塚が持っていたのではと思っているのですが」

「いえ、たとえ鬼塚からもらい受けたとしても、すぐに捨てると思います」

話が通じないようなので礼を言って電話を切った。それでも、智也と旭日旗を関連づけるものを見たり聞いたりしたことはないということだけはわかった。

次に沖縄の佐伯に電話を入れてみたが、すでに就寝しているのか、発信音が鳴るだけだった。佐伯には明日にでも電話してみよう。時計を見ると九時を回っていた。

勘定を済ませて外に出た。

「あら、きれいなお月さま」

美里が空を仰いでいる。健介も上を見た。下弦の月が見えた。

健介は半分に欠けた月を見ながら、祖父と父のことを思った。

家に帰り着いてソファでくつろいでいるとき、周平が帰ってきた。

手も洗わずに冷蔵庫を開けて、アイスクリームを取りだしてかぶりつく。

「きょうの社会は面白かった」

「日本史か？」

「そう。縄文時代の竪穴式住居の説明をし始めたと思ったら、先生、急に脱線しちゃってさ。おいおい先生大丈夫かってみんな言いそうになったんだけど、その話が面白くてさ。いまの日本の建築はひどいもんだぞと、興奮してやんの。テストとは関係ないぞーって誰か声出したけど、先生の話は止まらない。でも面白かった。なんとかという建築の法律があるらしくて、それができたばかりに、いまの日本の家は貧弱になったんだって。昔の建築の方法だと、地震があってもへっちゃらなんだってさ。ほんとかな？」

「それは事実よ」

と美里が言った。

「伝統木造構法という言葉は出なかった？」

「あ、なんかそんなこと言ってた」

「木の組み方が特殊な技法で、例えば石の上に柱を載せて組んでも倒れないという優れものなのよね。接着剤や金具での縛りもなしよ。もちろんコンクリートもなし。これは物理的にもちゃんと証明されていてね。難しいことはママも知らないけれど、とにかく倒れない。日本の風土にも合っていて、長い歴史を重ねて匠《たくみ》の技を培ってきたのよ。奈良の法隆寺がその代表的なものね」

「修学旅行で行った」

「建築基準法というのができてから、その伝統木造構法が既存不適格建築物に指定されたの。だから新たに建てられないというわけ」

「その既存なんとかというのは何？」

「法律ができる前に建ったものは許されるけれど、法律後はつくっちゃいけないということ」

「優れものを禁止する法律をなんでつくるの？」

と周平が質問したとき、美里はしばし沈黙した。

法律論議の根幹にかかわるところを突いてきたからだ。「いろいろあってね」などと言えば、子どもは納得しないだろうし、思考や好奇心を削いでしまう可能性もある。健介が代わりに発言しようとしたとき、美里が、

「法律をつくった人たちは、それが最善だと思ってつくるのだけれど、中にはその法律ができたことでだ

めになっていく社会もあるのね」

「最善だと思った人は、自分にとってということなのだね」

「そうとばかりは言えないけれど、まあ、そういう面があることも確か」

「悪法っていうやつか。やっかいだな。だから社会は好きになれないな。数学なら、すっきりと答えが出るじゃん」

　話が収束に向かったので、健介は、

「今度、おばあちゃんちに行ってみるか」

「どこ？」

「九州の日田だ。おばあちゃんちは、さっきの話に出てきた伝統木造構法でつくられているんだぞ」

と言うと、周平は目を輝かせた。

「来週行きたい。塾は休みだから」

　健介と美里の目が合い、二人とも苦笑をもらした。

　話はトントン拍子に進み、翌週土曜日から美里と周平で日田に行くことになった。健介は仕事の都合がつかなかった。

3

　安本譲二から連絡があったのは、美里と周平が日田に旅立った日だった。携帯に見知らぬ番号が表示さ

れている。出てみると、

「福岡の安本です。突然すみません」

安本譲二のバタ臭い顔が脳裏に浮かんだ。

「実は、店を娘に任せて、私どもは引退することにしました」

「そうですか。娘さんは気丈だから、立派に店を切り盛りできますね」

「そう願いたいです。ところで」

と安本は言い、話題を変えた。

「一週間ほど女房と旅行しようと思い立ちましてね。まずは東京に行くのですが、もしお時間があれば、お会いできないかなと思いまして」

「もちろん、大歓迎ですよ。いついらっしゃいますか」

「きょうの午後の便です。突然で申し訳ありません」

「いま家内と息子が日田に行っているので、夜であればいつでも大丈夫ですよ。今夜にでもいかがですか」

と話はまとまり、夕方六時に宿泊予定のホテルで会うことになった。

西新宿のホテルのロビーでソファに座っていたら、二人がエレベーターから出てくるのが見えた。譲二は紺色のブルゾンを羽織り、妻の春子は藍色のゆったりとしたワンピースに白のジャケットを羽織っている。遠目からも、譲二のモデル並みの整った顔は目立っている。すぐに健介を見つけ、二人とも笑顔を見せた。

「先日はお世話になりました。父の話をたくさん聞かせてもらって、とても楽しいひとときでした」

「いえいえ、こちらこそ、大したこともできずに失礼しました。きょうは突然お電話したにもかかわらず時間をとっていただいて、恐縮しています」

　譲二の言葉遣いは丁寧で、しかも博多訛りがない。

「一週間、ずっと東京ですか」

「いえ、きょう健介さんにお会いできたので、東京には二日ほどいて、そのあとは東北の方を回ろうかと思っています。なにしろ、これまで九州から出たのは何十年も前に東京にきて以来ですから、ほかにもいろんなところを見てみたいと思いまして」

　エレベーターに乗り、二十五階で下りた。予約している店に入り、

「すみませんね。ホテル内のお店で」

　と言うと、譲二は店内を見回したあと、

「おいしそうな匂いがします」

　と笑った。譲二の如才なさに接して、父のことを思った。父が目の前にいる碧眼の男とともに無頼を働いていたことが信じられない。父は寡黙で無骨だったが、真面目に仕事をやり遂げる、そして何よりも家族思いだった。

　若さゆえなのか。時代がそうだったのか。いまでもあの父が不良だったということが信じられないのだ。

「上品な店ですね。焼き肉と言ったら、煙がもうもうと上がるところしか知らないので、こんなにいい店は、なんか食べるのがもったいない気がします」

　春子も笑みを浮かべながら、「おいしいです」と、ひと言の感想だけで、食べるのに忙しい。

「奥さんの日田行きは、お母さんに会うためですか？」

「息子が日田に興味を持ちましてね」

と言うと、二人は怪訝な顔をした。ことの次第を説明すると、

「伝統木造に興味をね。それはいいことですね」

「いま母が住んでいる家は、もともと祖父の友だちが所有していたそうなんです。二人は戦友で、中国との戦争にかり出されて戦地にいたようです。祖父は初年兵、友だちは将校ということですので、普通だったらそれだけ位が違う者同士が仲良くなることはないというのが常識らしいのですが、二人はそうではなかったそうです」

「健介さんのおじいちゃんは優しそうな人でしたからね」

「本当に優しい人でした」

と春子も相づちをうつ。

「ところで、お二人は引退されて、これから悠々自適の生活、うらやましいですね」

「悠々自適とまではいかんですけど、私たちそう長く生きられませんので、まだ元気なうちに娘に店を任せた方がいいと思いましてね」

「早紀さん……でしたね」

「名前まで覚えてくれてたんですね」譲二は大げさに喜び、「記憶力がいいですね」

「お店は早紀さんのご主人と一緒にやられるのですか」

と訊くと、二人の表情に影がさした。悪いことを訊いたなと後悔したが、

「旦那とは別れましてね」

「そうでしたか」

「自慢話じゃないですが、あの子は、とても勉強ができる子でしてね、小学校の先生に勧められて中学から福岡市内の私立に入れたんです。成績もよくて、頑張りもあったんでしょう、九大に入って卒業後は大手の損保会社の本社で働いたんです。学生時代から付き合いのあった男と結婚したんですが、うまくいきませんでね。会社も辞めて、うちに戻ってきたんですよ。東京にいるときは、美那子さんにずいぶん世話になりました」

「え？　父の妹の美那子叔母ですか？　父ではなくて？」

「裕一は当時仕事が忙しかったので、妹さんに頼んだんですよ。それからもうひとつ、これは誰にも言わないと決めていたことなんですが、もう裕一も亡くなったので話しますが……」

　そこまで言って、譲二は黙った。横に座っている春子がすごい形相で譲二をにらみつけている。何事かと、健介は不安になった。訊くこともできず黙っていると、

「あんた、やっぱりいかん」

「その話があるけん、健介さんに会いにきたっちゃなかか」

　内輪もめが始まり、健介は内容がわからないまま、黙っているしかなかった。

「ちょっと、トイレに行ってきます」

　と言い、健介は席を立った。

　トイレは口実だった。

健介に話すことがあるのだと譲二は言った。それを春子が止めた。二人が意見を調整するには健介がいてはまずい。

自分に話すことというのは何か？　店を出て大きな窓ガラスから夜景を見ながら考えたが、何も思いつかない。父のことで何か伝えるべきことがあるのか？　あれだけもめているということは、いい話ではない。

ビル群が発する光が明滅する様を眺めながら胸騒ぎがさらに強くなった。

ひとつの光景が浮かんできた。

春日原の譲二の店にいき、譲二、春子、早紀と四人で御笠川近くを歩いたときだ。

早紀が橋の欄干に身体をあずけて、川面を見つめたまま泣いていた。

あの涙は何だったのだろう？

二人がいるところに戻ると、

「健介さん、醜態を見せてしまってすみません。夫婦げんかとかしたことないのに、きょうはおいしい焼き肉を食べて、興奮してしまいました。この通りです」

と譲二は頭を下げた。

横から春子が、

「この人、酔っ払うと、話があると言うのが癖で。昔、この人、ほら不良でしたから」

と大笑いしてみせた。

健介は一緒に笑って、

「父と一緒に、鬼塚をぼこぼこにしたんですよね」

と調子を合わせた。

二軒目は、ジャズバーに誘った。二人とも大喜びだ。歩くと二十分ほどかかるのでタクシーで近くまで行ってもらった。

ゴールデン街に入ると、二人は同時に、

「すごか！」

と声をあげた。

「中洲とは違うし、もちろん春日原とも違う、なんか楽しそうなとこですね、外国人がいっぱいですね」

譲二がはしゃいだ。

「昔の闇市の跡です」

「ああ、やはりそうですか。春日原と同じです」

そう言えば、春日原には、板付基地があった。

狭くて急な階段を上って店のドアを開けた。マスターが頷いた。寡黙なマスターの挨拶だ。

健介の横に譲二、その横に春子が座った。カウンター客は静かに飲んでいる。入口近くの席に外国人客が座っている。西洋人の若い男女だった。

ジョー・スタッフォードの硬質な歌声がスピーカーから流れている。

「『魅惑の宵』じゃないですか」

と譲二が言う。

「お客さん、この歌手、好みですか？」

マスターが訊く。

「『南太平洋』の主題歌ですね」

「スタッフォードが歌うとひと味違うでしょう。甘さがなくて、かと言って硬いわけでもない、さらっとしているんですね」

マスターが譲二に言ったあと、健介に向かって言った。

「珍しいね、いつも一人なのに」

「父の友人なんです。福岡からきょう上京されましてね。焼き肉食って、その勢いで」

「福岡は市内ですか？」

マスターは休みになると、いろんな土地を旅している。ときおり店が閉まっていることがあるのだが、そのときは、ふらりとどこか未知の土地で飲んでいるのだ。

「ちょっと南の大野城市というところです」

と譲二が答えると、

「白木原とか？」

とマスターが言ったので、健介は驚いた。白木原を「しらきばる」と正確に発音する人も珍しいし、大野城市からすぐに白木原が出てきたところも不思議な気がした。

「昔の常連さんに白木原出身の人がいてね、夫婦連れでよくきてくれたんだ。二人とも黙ったままジャズ聴いて帰るんだけど、あ、その人も確か矢島って言ったっけ。矢島さんの親戚かもね」

と笑う。健介は驚いて訊いた。

「その矢島さんの下の名前は何て言ってました？」

「それは知らない、矢島さんとだけ呼んでたから」

矢島姓はたくさんいる。

「じゃあ、奥さんの名前は？」

「千佳子さんだよ。数字の千に佳人の佳」

「お袋だ」

「うそだろう」

とマスターも驚いた声を出したが、

「そう言えば、ご主人の顔に似てるような感じがするなあ」

「一卵性親子と言われてましたから。背格好も全部同じ」

「それは奇遇ですね」と譲二が感慨深く言う。「親子揃って同じ店の常連とはね。しかし、裕一がジャズが好きだったとは知らなかったです」

「奥さんが連れてらっしゃったんです」とマスターが言う。「千佳子さんは前からうちの常連さんでしてね。いつも一人でこられていたんですが、あるとき初めて男性を連れてこられましてね。いい人ができてよかったなあと思ったものです」

「そのとき、裕一さんはどんな感じでした？」

と今度は春子が口を出した。

「無口な人でしたね。喧嘩がめっぽう強くてね」

「喧嘩？」

「ある日酔っ払いが入ってきたんです。いつもは相手にしないで放っておくんだけど、ほかの客と諍いになりましてね。一方的にまくしたてて、まあ酔っ払いだから仕方ないかなと思っていたんですが、あまりにもひどいので、そろそろ追っ払おうかと思っていたところを、矢島さんがつまみ出してくれたんです。矢島さんが外でその男をどうしたかは聞いていませんけど、だいたいわかります」

「あらま、東京でも喧嘩してたんですね」

　と春子が笑う。

「白木原でも喧嘩三昧だったんですか？」

　とマスターも笑ってCDを替えにいった。

　コルトレーンのサマータイムが流れてきた。

「矢島さんご夫妻がみえると、必ずこれをかけてあげてましたよ。奥さんの好みの一曲」

　その日は、両親の話で盛り上がり、譲二と春子も父との昔話を披露したり、マスターもいつになく饒舌だった。

　譲二はかなり飲んだにもかかわらず、一切乱れなかった。ホテルの前まで二人を送り、エントランスで別れた。別れ際に、気になっていたこと、二人の娘である早紀について何か言いたげだったこと、真相を知りたいと健介は思ったのだが、二人の楽しそうな笑顔を見ていると、水を差す気にはなれなかった。口論をするくらい二人にとっては重い話題に違いない。いつの日か話してくれる日がくるのを待つのがいいと健介は思った。

4

安本夫妻が東北に旅立ったのと入れ違いに美里と周平が日田から戻ってきた。周平は興奮気味だったので、伝統構法がよほど気に入ったのかと思ったのだが、

「次郎と友だちになった。面白いとこ、いっぱい知ってるんだよ。おばあちゃんには、たくさんお小遣いもらったし、また行きたい」

とすぐに自分の部屋に飛んでいった。

「日田の家はどうだった？」

と美里に訊くと、

「寒いんだって」

確かに隙間風が入るので暖房の効率も悪い。川から流れてくる風が強いときは、けっこう寒い。風通しがいいことも伝統構法の特長と言えるのだが、コンクリートの密閉住宅に慣れた現代の子どもには、その良さはわからない。

「あのお家《うち》、本当に石の上に柱が立っているのね。驚いちゃった。漆喰というのも実際に見たのは初めて。それに接続の工夫がすごいわね。金具が一切使われていないのね。木を彫り込んでぴったり合わせてつなぎ合わせる、あれは伝統構法という名前にふさわしいものだと思ったわ」

美里はさらに続けた。

「伝統構法の家というのは、昔の家長制度に沿って作られているというのがわかったわ。家長制度の是非は別としてね」

「どういうところが？」

「まずは床の間がある。こんなこと言うと笑われるかしら。床の間に大きな床柱がある。それが家を支えているのね。家長制度で言えば、そこの主。家族を支える大黒柱である家長。父であり祖父であり。床の間のある部屋は家族が集まる場所として機能しているのではと感じたわ。床の間を背にして家長が座る。家族は家長が見えるようにコの字型に座る。家長を見るとともに床の間を見、床柱を見る。自然と、家族は床柱と家長を同一のものと感じ取っていく。そんな感想よ」

「広域暴力団の組長襲名式と同じだな」

「茶化さないで」と美里は言った。「でも、それは当たっているかもね。新しい組長の就任というのは、一家が大同団結することのちぎりを再確認することでもあるわね。昔の家長制度も同じよ。日田のあのお家では、以前はお義父さんが座っていたのね。そしていまはお義母さん。もの柔らかいのに、あそこに座るとどっしりと落ち着いていて、何やら後光がさしているようだったわ」

「近所の客がきたわけじゃないだろう。たった三人なのに、あの大広間で食事したのか？」

「というより、いつもお義母さんは、同じ場所にお座りになっていたわ。私が食事をつくって持っていくの。そこで三人でおいしくいただいた。あの部屋だと食も進むわ」

「いつも同じ場所に座っていた？」

「そう。床の間を背にした家長の場所」

と美里は笑う。

「椅子？」

「単なる椅子なんだけどね。けっこう古びていて、代々使われていたような感じだったわ」

「いま、座り心地のいいのがたくさん作られているのだから、替えればいいのにな」

「そう簡単に替えられないほど大事なものなのじゃないかしら。周平がふざけて、そこに座ったのよ。そうしたら、お義母さんが珍しく周平を怒ってね。そこに座ってはいけませんって。お義母さんの怒ったの初めてみたわ」

「それは母も人間だから怒るさ。俺なんかどれだけ怒られたかしれないぜ。父は黙っているだけ。怒り役は母だった」

「子どもと孫は違うわ」

と、美里は眉間に皺を寄せた。よほど、怒り方が強かったのだろうか。現場を見ていないのでなんとも言えないが、美里はいつもと違う母を感じ取ったのかもしれない。

「それにね」

美里がさらに言った。

「お義母さんは、妙なことを言うのよ」

「……？」

「あなたたち、この家を継いでもらえないかしら、って」

「家を継ぐ？」

「そう。あの日田の家に住んで欲しいみたい。もちろんいますぐじゃないわよ。定年退職したあとにでも、という意味」

岩城智也が家をつくり、亡くなるとき祖母の小都に譲り渡した。小都は息子の裕一に家を託した。裕一亡きあとは妻の千佳子、つまり健介の母が家を守っている。次は健介に管理を託したいと言っている。代々家を継いでいくのは、昔ながらの風習ではあるが、果たして定年退職後といえども、健介はあそこに住む気になるだろうか。それまで家はもつのだろうか。

そういった疑問に加えて、割合現代的で柔軟な思考をする母が、どうしてあの家に固執し、いつともわからぬ将来に健介を指名して家を守れと言うのか。疑問というより、母の考え方を知りたいと思った。

譲二から電話があったのは、美里たちが戻ってきた日の翌日だった。

「先日はお世話になりました。煙の出ない焼き肉は最高でした。それと、あのジャズバー。とても楽しい一日でした。春子も大満足で、あ、ちょっと待ってください」

春子の声が聞こえてきた。

「福島を見てきましたよ。まだまだ大震災の爪痕は全く消えていませんね。佐伯先生がいらっしゃる沖縄もそうですし。福島と沖縄はいつもいじめられてばかりですよ」

「その通りです。何ひとつ解決していません。臭い物に蓋どころか、寄って集《たか》っていじめぬいてますから」

「書いてくださいね。裕一くんの息子さんらしく、正々堂々と書いてください」

春子からまた譲二に替わった。

「三陸の海を見てきました。大昔も三陸地震というのがあったそうですね」

「はい、江戸時代ですね。大被害を被った大地震でした」

「早く、おいしい魚が食べられるようなきれいな国土になって欲しいです」

電話を切ったあと、何かざらっとしたものを健介は感じた。おいしい魚が食べられない国。福島と沖縄はいつもいじめられている。そんな言葉が健介の胸を衝いたのかと思ったが、その話は日常の噂話として耳にすることで、しかもいつも健介の頭の中に宿っていることなのだ。では、ざらっとした感覚は何か？

気づいたのは、春子が言った「裕一くんの息子らしく正々堂々と」という言葉だ。

沖縄在住の佐伯から聞いた話が頭をよぎる。

板付米軍基地での独立記念日の基地開放日でのできごとだ。

父は、鬼塚とその取り巻きを相手に一歩も引かずに蹴散らした。鬼塚は、木材輸入自由化反対運動を裏切った鬼塚の息子だった。

常に、鬼塚という男が顔を出す。

健介が掘り起こした杉林の土中にあった白骨は、獣骨であることが判明し、予想は外れた。

しかし、たとえその白骨が人骨であり、しかも鬼塚のものだったとして、だから何だ？　とも思う。なぜ、自分は殺しに持っていこうとするのか。鬼塚は殺されていても不思議ではない。いいではないか。鬼塚が殺されていても。殺したのが祖父であっても、あるいは智也であっても。それが、いまどれだけの意味を持つというのだ。自分がこだわることの核心のただ周りを辿っているだけのようでもどかしい。

仕事を終えて社を出たとき、ビルの谷間から漏れる光をまぶしく感じた。夕日の淡い光であり、いつもの光景なのになぜかきょうは目を刺激する。まぶたを指で揉むと、目の奥に疲労時特有の違和感がある。

健介は新宿に出て、いきつけのジャズバーに足を向けた。

黄昏時のゴールデン街は意外と寂しい。夜の華が咲き乱れるまであと一時間はかかるかもしれない。店もまだ開いていなかったので、通りを抜けて花園神社に行った。境内右奥にある富士塚をしばらく眺めて、中学時代の友人のことを思い出した。旅と歴史に詳しいその男は、いまは福岡に住んでいる。あいつに訊いてみれば、昔のことがわかるかもしれない。

昔のこと？　と健介は自問自答した。

自分で思いついたのに、その理由と目的が判然としない。健介にとって、「昔」はいつのことを指しているのか。いつの、何を知りたいのか。それさえも判然としない。

富士山を崇める気持ちを抱く民と、堆積された富士信仰の重さに思いを馳せたあと、藤圭子の歌碑を眺めてから元来た道を戻った。

ドアを開けると、トランペットの音が耳を射た。

客はひと組。常連だが、話したことはない。マスターが頷いた。健介は軽く頭を下げる。

「珍しいですね」

「たまにはね」

マスターの口癖は「マイルスだけがジャズじゃねえ」。いまかかっているのはマイルスデイビスの「ＳＯＷＨＡＴ」だ。

「いいだろう、このサイレンス」

　常々マスターは言う。「マイルスは音と音との間の取り方がいい。音の押し出しで勝負するコルトレーンとは正反対。でも、どっちもいいね」

　サイレンスに耳を傾けながら、バーボンを舐める。徐々に、先ほどまで頭の中で渦巻いていたものが溶けていく。しかし、「鬼塚」だけは、消えないままだ。

「悩み事？」

「まあ」

　曖昧に返事をすると、

「珍しいね。そういうところはお父さんにそっくりだ」

「どういうところが？」

「あんたのお父さんは、いつも言葉を飲み込んでいた」

「無口だった」

「無口というより……」

　マスターは少し考えてから、

「気持ちが熱すぎるのがわかるんだよな」

　アルバムの最後の曲が終わりかけたので、マスターは棚から別のＣＤを抜き取り、左奥にあるプレイヤーに歩いていった。

　戻ってきたマスターは、

「一度だけ、ひとりのときがあったなあ」

「父がひとりでここにきたの？」

「ああ。そのときは、いつもと違って、気持ちの熱さがなくなっていたなあ。笑顔を初めて見た」

「いつごろ？」

マスターは首をひねった。

「ずいぶん前だったので忘れたけど、確か九月だったなあ」

「九月？」

「中秋の名月がきれいだったと、言ったのを覚えている。月を愛でる人だとは思っていなかったので、意外だなと思ったのさ」

5

林業に関して最近は違った動きがある。「森林経営管理法」が可決され、来年四月に施行される。日本は、森林が国土の約七割を占める世界有数の森林国だ。しかし林業政策は補助金制度はあるにしても手厚い制度で林業育成が図られているとは言いがたい。

木材輸入自由化で林業が廃れたのを反省して、国はいよいよ本格的に林業支援強化に乗り出したのかと一瞬思ったが、担当記者の話だと、実情は真逆だった。

「管理していない森林は管理権を強制的に召し上げ、公的機関の指名業者に任せる。つまりだな、ちゃんと管理できないなら、こちらが管理してあげますというわけだ。その裏には、安価な木材を必要とする事情がある。バイオマスだ」

「あ、なるほどな」

「大手商社、ベンチャー企業、電力会社の隠れ企業への委託だ」

「はげ山にするつもりなのか」

「そうだ。となると、これまで森林が担ってきた自然破壊の防止という機能が失われることになる。行政は、そういった長期的ビジョンなんて持ち合わせていない。短絡的に企業、つまりは経団連のために動き、法律をつくっていくんだ」

「森林保有者がちゃんと管理していれば召し上げの対象にはならないんだろう？」

　父名義となっている日田の私有林のことが気になった。

「と、思うだろう？　ところが大違いなんだな。林業というのは百年単位の産業と言われる。成長を見届けながら、育てていく。そういった地道な努力も、御上は管理していないとみなすんだ」

「管理対象の基準はあるだろう？」

「ない。いや、ないに等しい。つまり、召し上げることが最初にありきの法律ということだ」

「どうして、日本はそんなに酷い国になったんだ？」

「まあ、その話をし始めると、酒がないとだめだな」

「じゃあ、そうしよう」

　と同意し、二人とも帰り支度を始めた。

「神楽坂のママの店に行こう」と健介は言った。

タクシーの中で日田のことが脳裏に浮かんだ。天に届かんばかりに真っ直ぐに伸びた杉。緑の山と豊富な水をたたえた三隈川。

日田のことを思い出したのは、いま向かっている神楽坂の居酒屋のママが大分の生まれ育ちだと聞いていたからだ。日田だったという記憶はない。横に座っている同僚に訊くと、

「お前、忘れたのか？　日田自慢をしていたじゃないか」

と言った。

神楽坂のメイン通りから少し入ったところにある小さな居酒屋「ますみ」の暖簾をくぐった。ビールを飲みながら同僚と世間話に興じた。同僚がトイレに立ったとき、ママに日田のことを尋ねてみた。

「岩城製材？」

ママはしばらく宙を見つめていたが、

「覚えてないわ」

「それはそうさ。ママが生まれる前に倒産したから」

「でも、岩城って苗字は日田にはなかった気がするわ」

「日田では大手の製材所だと聞いたが。社長は岩城智也と言って、陸軍の将校だった」

「そう言われてもね。今度母に聞いておくわ」

まあ、そんなものだと、期待していなかったので落胆もない。

「鬼塚というのは知らないかい？」

と訊くと、

「それは知ってるわ」

ママの表情に変化はない。

「親しくしていたとか？」

「まさか」とママは眉間に皺を寄せた。「ワルの家系よ。近づくなとみんなに言われた。でも、それっていじめよね。いま考えると悪いことしたなと思っているわ」

「どういうワルなんだ？」

「不良よ。少年院にも入っていたらしいわ。博多でやくざになったとも聞いたわ」

「それはママの同級生かい？」

「まさか、お年寄りよ。息子がいると聞いたことあるけど、見たことはないわ。と言っても、私は日田にそれほど長くいたわけじゃないし、いまもほとんど帰省しないからよく知らないわ。なんなら、父に訊いてみてもいいわよ。私の父は警察官だったので、詳しいかもしれないわ」

「警察官だったお父さんはご健在？」

「ぴんぴんしてるわ」

「厚かましいお願いだが、お父さんに、その鬼塚のことを聞きたいんだが、紹介してくれないかな」

「いいわよ。日田にいくの？　それともいま電話で？」

「日田にはしばらく行けないから、できれば電話で、いま。失礼じゃなければ」

「父は話し好きだから、大丈夫よ」

ママが自分のスマホで父親と話したあと、「大丈夫よ」とスマホを手渡してくれた。健介は、客がいない左奥の席に移動した。

ママがある程度のことを話してくれていたおかげで、すぐに核心部分の話に移ることができた。

「鬼塚良一ですね。よく覚えていますよ。私が大分県警に入ったころのことですよ。捜索願が出ましたので、それは懸命に取り組みました。なにしろ、鬼塚良一は県会議員でしたからね。ところが結果的には、死体は出ない、怪しいと思われた人間たちの取り調べも空振りに終わりました」

「嫌疑が掛けられたのはたくさんいたのですか」

「岩城智也という男が最有力容疑者でした。しかし、その男、なかなかの人物でしてね、理路整然と答えていき、けっきょく嫌疑が晴れました。いまは知りませんが、当時の取り調べは厳しくてですね。拷問に近いこともやっておりましたし、恫喝などは当たり前のことです。しかしその男はひるむことがなかったですね」

「嫌疑が晴れたというのは、具体的な証拠とかがあったのですか」

「そもそも、死体がないのだから死んでいるかどうかもわからないし、ましてや殺人などをでっちあげることはできませんのでね。言わば、事件というわけではないんですよ。単なる失踪なのかもしれないし。死体がないと、警察は動けません。これはいまでも同じです」

「息子もあきらめたのですか。確か鬼塚旭《あさひ》とかいう名前の」

「あ、そうそう、旭で思い出しましたが、鬼塚家は代々「旭」という字が好きだったようですね。息子の名前がいまおっしゃったように旭でしょう、その子どもが旭日《あさひ》、娘が旭子《てるこ》です。大笑いですよ。戦時中じゃあるまいし。あ、脱線してすみません、息子のことでしたな」

「はい、ご記憶にある範囲でけっこうですが」

「こいつがワルでしてね。極道になったんですが、それも中途半端でチンピラの域を出ないやつでしてね。破門になったのじゃないですか。旭には弟がいましてね清太郎というのですが、これは真面目な男ですので、跡目はこの清太郎に託したんです。父の良一の才覚で不動産業、ファミレス、土建屋など手広く事業を起こし、清太郎に任せたのですが、旭が売上金をくすねたり、チンピラを連れてファミレスでどんちゃん騒ぎしたりしたので、事業は先細りになりました。カリスマ的な父親がいなくなってから鬼塚家は没落の一途を辿ったのです」

「いま旭はどうしてますか」

「あいつは根性が腐ってます。父親は岩城智也と、名前は忘れましたが相棒の男に殺されたのだと吹聴して回りましてね。かなり乱暴なこともやって捕まったりしてましたな」

「いまもですか」

「いまは施設です」

「その旭の子どもや孫はどうしています？」

「息子の旭日は、工務店をやっていましたが、早くに亡くなりました。いまはその娘の旭子があとを継いでいるようですよ」

「最後にもうひとつお訊きしてもいいですか」

「はい、何なりと」

「仮定の話ですが、もし鬼塚良一が殺されていたとしたら、死体はどこに隠しているのでしょうか」

「さすがに新聞記者さんですな。当時、私たちもそのことを酒のつまみで話したものです。で、いろいろと意見が出ましたが、結論としては、杉林の中だろうということになりました。苗木を植えることが決まっているところに埋めるんですな。苗木が成長して伐採されるまで、何十年という長い年月を要しますのでな。そのころには白骨です。犬猫の骨を混ぜて埋めればわからなくなりますし。まあいまはＤＮＡ鑑定が進んでいるので事情は違ってきますが」

「苗木ですか……。大変貴重なお話をありがとうございました。しつこくて申し訳ありませんが、最後にもうひとつよろしいですか」

言うと、ママの父親は豪快に笑い、

「私は隠居の身ですからな。話し相手がいると嬉しいのですよ」

と言ってくれたので、気になっていることを尋ねた。

「鬼塚良一のご家族にはもちろん事情聴取されましたよね。どういう反応だったのでしょうか。つまり鬼塚良一が行方不明になった日のことをご家族はどう思われていたのでしょうか？　元気がなかったとか、悩みを抱えていたとか、誰かに遊びに誘われて喜んで家を出たとか、そんなことですが」

「行方不明になった日がいつかわからないのですよ」

「どういうことです？」

「鬼塚良一は妻と別居しておりましてね。息子たちは母親の家に住んでおりました。息子が父親に用事があって家を訪ねてみると不在で、数日後に再度訪れてもいないので不審に思って捜索願を出したそうです。議会は休会中ですし、展開している事業はほとんど人任せで出社するのは不定期だということでした。だいたいの線はつかめましたよ。ただそれは二週間という期間ですからね。特定は難しい。それに鬼塚は車が趣味でしてね。時間が空くと遠出していたそうです。いまなら監視システムで一発でわかるのですが、当時はまだそんなのありませんしね」

　健介は礼を言って電話を切った。

　気持ちが昂ぶっていた。

　席に戻ってからも熱が冷める気配はなかった。

「どうした？　真剣な顔して」

同僚が訊く。いや別にとだけ答えた。ママが、

「役に立ったかしら」

「かなりね」

　と答えた。

「なんだよ。二人だけにしかわからない会話すんな」

と同僚が怒ったふりをする。ママは平然と、

「私、矢島さんに惚れてるんだもん」

「矢島のどこがいいんだ？　ごっつい顔だぜ」

「男らしいじゃない」

「こいつ、表面は男っぽいが、中身はヤワだぜ」

「男は外見よ」

　とママが言う。

「嵐山」と健介が同僚に言うと、

「なんだ急に名前なんかで呼びやがって」

「アドバイスをもらいたいと思ってな」

　と言い、健介は日田の話をかいつまんで話して聞かせた。鬼塚が行方不明になっていること、殺された可能性が大きいが死体はあがっていない。沖縄の佐伯から聞いた話も嵐山に伝えた。

　同僚は速答した。

「お前のおじいちゃんと、元将校が鬼塚を殺した可能性は低いな」

「どうしてだ？」

「釈迦に説法かもしれんが、殺人には動機がある。人を殺すエネルギーを生み出す動機だ。木材輸入自由化反対運動の過程で裏切りを受けたことも、当然憎しみを生む。しかし殺したいとまで思うだろうか。世の中をよくしようと思って人を殺すのは、二・二六、五・一五、血盟団、とかの政治的な動きだろう。あの当時は不景気で庶民の暮らしはどん底だった。だからああいった事件が起きたわけだ。つまりだな。人を殺すということは、感情的な動きなのだ。理屈で人を殺したりはしない。よく言うじゃないか。殺人犯は身近にいると。血のつながった者が犯人であるケースが多いとも聞く。憎しみは大義名分から生まれたりしないぜ」

言い過ぎの感もあるが、的を射ていると健介は思った。

お開きとなって、二人とも二軒目は行かずにおとなしく家路に着いた。

家に着くと、美里がリビングでくつろいでいた。

「早かったじゃない。嵐山さんとのときはいつも午前様だから」

時計を見ると、まだ八時半だ。

「きみも珍しく早いな」

「たまにはね」

周平はまだ塾から帰ってないという。

水割りをつくって、飲み始めた。神楽坂の店のママの父親と嵐山の話を聞かせると、

「いろいろと話ができてよかったわね。鬼塚良一はワルだったけれど、家族内のカリスマでもあったってことね。そのカリスマがいなくなってから鬼塚家は没落の一途……わかりやすい話だと思うわ」

「嵐山の話はどう思う？」

「殺人の動機のことね。それも当たっていると思うわ。憎しみなんて理屈じゃないもの。人間だけに与えられた感情で、しかも厄介なものよね」

「そうかもしれないな」

「鬼塚のことはもういいんじゃないの？　まあ佐伯さんとか中山さんから複雑なお話を聞いたあなたが真相を知りたいと思う気持ちはわかるけど」

美里は、慰めのトーンを滲ませて言うと、グラスに残ったバーボンを飲み干した。

電話が鳴ったのはそのときだった。

不吉な予感がした。

美里が受話器を取り、耳に当てた。

「夫と替わります」

受話器を渡しながら、美里は小さな声で言った。

「叔母さんからよ。お義母さんが倒れたって」

6

カーテンを開けて病室を覗くと、叔母の美那子が人差し指で廊下の方を指さした。チューブだらけの母が目を閉じてベッドに横になっている。

「いま眠ったところ。大丈夫よ。心配しないでいいわよ」

美那子がひと足先に病院に駆けつけたときは、母は集中治療室にいたという。

「たったいまよ。ＩＣＵから一般病棟に移ったのは」

くも膜下出血。運良く手術できる箇所だったことは電話で聞いていた。

「後遺症は？」

「可能性としては言語らしい。動けるだけでも幸せだと考えないとね」

「そうですね。命拾いしただけで十分ですよ」

「健ちゃん、中山さんって知ってる？」

「ええ。祖母の弟さん。母の茶飲み友だちだと聞いています」

「何かの会があって義姉さんがこなかったんだって。心配になって会が終わったあと寄ってみると、頭を抱えて苦しんでいたそうなの。すぐに救急車を呼んでくれたのよ」

「だからひとり暮らしは止めろと言っていたのに。もう若くはないんだから」

「そうね」

待合室のソファから立ち上がり、自販機で缶コーヒーを二つ買った。

「中山さんはさっきまでいてくれたのよ」

「明日にでもお礼がてら訪ねてみます」

「それから、沖縄の佐伯さんって方、福岡の安本夫妻もお見舞いにきてくれるわ」

「叔母さんが連絡してくれたのですね」

「違うわ。中山さんよ」

「ますます頭が下がります」

安本夫妻には上京したときに会ったこと、ジャズバーでの話を聞かせると、美那子は嬉しそうに聞いた。

「譲二くんとあなたのお父さんは、まるで兄弟みたいだったわ。一度激しい喧嘩をしてから、仲良くなったと聞いた。そういうのっていいわね」

「境遇が似ていたから意気投合したようですね」

「境遇ねえ」

美那子は首を傾げた。

足音が聞こえ、振り向くと安本夫妻の姿が見えた。いつもの笑顔はない。

見舞いにきてくれた礼を言い、病状を説明すると、

「大変でしたね」

と二人が同時に同じことを言った。次の言葉が続かないようだった。

「後遺症が残るかもしれないそうですが、生きていてくれて、ほっとしています」

譲二が頷く。

「お店の方は大丈夫ですか？　あ、娘さんが切り盛りされていたんでしたね」

「はい。早紀も行きたいと言ったのですが……取り急ぎ、私たちが駆けつけました」

先日の東京でのことや、その後に行った東北旅行のことは話題に出なかった。譲二が眉間に皺を寄せるのを初めてみた。整った顔が少し歪み、それが心の動揺をことさら大きく見せていた。親友の妻というだけで、これほど親身に心配してくれているのを見て、健介はあらためて安本夫妻と父の絆の強さを感じた。

叔母の美那子が病室を見に行って戻ってきた。

「目を覚ましました」

みな一斉に立ち上がり、美那子を先頭に病室に向かう。エレベーターが開き、佐伯が下りてきた。健介は駆け寄り、頭を下げた。佐伯も一緒に病室に向かった。

母の目に精気はなく、チューブのためか痛々しい印象だが、みんなが声を掛けると、わずかではあるが

頷く。生きているのだということが実感できる反応だった。

美那子が目に涙を浮かべて、母の手を握っている。母の口元が動いた。

「どうしたの？　義姉さん」

母は何か言いたいようだ。美那子が母の口元を見つめる。

「美里さん？」

母が頷く。

「美里は今晩くるよ」

と健介が答えると、母は頬のあたりを動かした。笑ったのだ。

美里はつい最近、周平と一緒に母を訪ねた。打ち解けた二日間だったようだ。そのことが記憶に残っていて、この場に美里がいないことを案じたのかもしれない。

譲二が、春子が、佐伯が、次々に母に声をかけ無事を喜んだ。母の頬が先ほどよりもよく動くようになった。目の色もいくぶん和らいだ。

あまり長居できない。そろそろ引き上げましょうかと提案すると、みんな同意してくれた。

「義姉さん、またくるからね。ゆっくり眠って」

美那子の言葉を潮に、健介たちは病室を出た。

その日は市内の店で夕方集まることにした。美那子がスマホで店を検索し、予約してくれた。健介は一度ホテルにいきチェックインすることにした。たまたま、佐伯と同じホテルだったので、一緒にタクシーに乗った。

佐伯に、あらためて沖縄で世話になった礼を述べた。

佐伯は「いえいえ、わざわざきていただいて、こちらこそ恐縮しています」と答えたあと、

「夕飯の前に、少しお話しできませんか」

と言う。年齢を感じさせない張りのある皮膚の持ち主で、日焼けした健康的な顔と柔和な笑顔は佐伯の人柄を感じさせる。

「もちろん、大丈夫ですよ」

と健介は答えた。先日の話の続きに違いない。沖縄では、思わせぶりなまま話を終わらせた佐伯だったが、ようやくすべてを話す気になってくれたのかもしれない。

ホテルに着き、チェックインを終えてエレベーターに乗った。

「三十分後くらいでよろしいですか」

と佐伯が訊く。

「僕は荷物を置くだけですからいつでもけっこうですよ。佐伯さん、お休みになられた方がいいのではないですか。長旅の疲れが出るといけませんので」

「それでは一時間後ということで」

腕時計を見ると三時半だった。四時半にロビーで待ち合わせることにした。みんなとの夕食の約束は六時なので一時間以上は話ができる。一時間で済む話だろうか。

「健介さんは、いつまでこちらに滞在されます?」

「母の病状がよほど悪くならなければ、明日の最終便で帰ろうかと思っています。ちょうど入れ替わりに

妻がこちらにくることになっています」

「明日ですか」

佐伯は残念そうに言った。

「お話は長くなりそうなのですね」

「そうですね。長いと言えば長いし、簡略に済ませられないこともないのですが。やはり」

「わかりました。では滞在を一日延ばします。明日の夕方にもう一度お会いしましょう」

「恐縮です」

「では、どうしましょうか。一時間後のお約束は止めて、あらためて明日ということにしますか？」

「いえ、もしよろしければ、きょうと明日とで」

「わかりました」

十階でエレベーターを降りた。佐伯の部屋は十五階ということだった。

部屋に荷物を置いたあと、シャワーを浴びた。九月の残暑が汗を滲ませる。

ベッドに横になると、睡魔が襲ってきた。

電話の音で目が覚めた。時計を見ると約束の時間まで十分しかない。電話に感謝しながら受話器を取ると、ホテルマンらしき丁寧な言葉遣いの男が、

「ご指定のお時間になりました」

と告げる。

記憶が曖昧だが、うたた寝する前に、起床コールを頼んでいたようだった。

助かった。

ロビーに下りると、ソファに座った佐伯の姿が見えた。

ホテル内にあるカフェラウンジに入った。那覇で佐伯と会ったときは酒を飲みながら話した。佐伯はめっぽうアルコールに強い。

しかし、六時からの会食のことを考えて、アルコール抜きのつもりだった。重大な話だという予感があったからだ。

ところが、佐伯はメニューを見ながら、生ビールを注文した。健介も「同じものを」と口走っていた。ビール程度なら別段支障を来たすことはないだろう。

「時間も限られていますので、早速始めます」

佐伯は生ビールのグラスに口をつけないまま、じっと健介を見て、

「健介くんのお母さんがご存命のいま、話しておいた方がいいと思っているのです」

と言い、静かな口調で話し始めた。

健介が予想した通り、以前の話の続きだった。

第六章　九月のざわめき

十五夜

智也は「俺は、鬼塚を殺すつもりだ」と言った。

智也は手元の風呂敷に包まれたものを泰介の目の前に置いた。風呂敷の中から、南部十四年式と日本刀が出てきた。

泰介は身震いが止まらない。それは武器を見たからではなく、先ほど火がついた怒りが業火となっているからだった。

「泰介、がまんしろ。もう少しの辛抱だ。あの男は犬畜生にも劣る」

泰介は頷いたものの、震えは止まらない。

「俺に殺らせてくれ」

泰介は宣言するように言った。智也がすぐに、

「だめだ」と答えた。「鬼塚は俺が殺す」

泰介は日本刀を手に取った。鞘から抜いてみた。刃の物打ちが月明かりを反射して怪しく光る。支那人の首をはねろと命令されたが、はねたくなかった。そして智也のおかげで罪を犯すことから免れた。

しかし、今回は自らの意思で人間の首をはねたい。初めて人の首をはねるのだ。世間的には罪だが、泰介は罪だとは思わない。

智也が言った。

「よし、お前に任せる。俺の怒りをお前に託す」

二人は車に乗り、鬼塚の家に向かった。鬼塚はすでに玄関の前で待っていた。小夜がいないことに気づいて不機嫌な顔つきになった。

「小夜さんはすでに杉林で満月を見ながら先生がいらっしゃるのを待っていますよ」

と智也が言うと、鬼塚は「うむ」と言い後部座席に乗り込んだ。

泰介は、エンジンを止めて車を降りた。これから始めることを思い描いた。見上げると満月が杉木立の間からきれいな顔を見せている。智也が、よい日を選んでくれたことに感謝した。

後部座席から降り立った鬼塚良一が斜面を下っていく。杉林に立ったとき、鬼塚は空を見上げ、

「これは素晴らしい光景だな」と言ったあと「小夜がいないではないか。どこかに隠れているのか……」

とあたりを見回す。

鬼塚が背を向けたとき、泰介は動いた。

後ろから鬼塚を羽交い締めにして首を絞めていく。しかし、いとも簡単に振り切られ、逆に胸ぐらをつ

かまれて投げ飛ばされた。鬼塚は「そういうことか」と言い、泰介に乗りかかり、右拳を泰介の左頬に叩き込んだ。泰介は、目の前が真っ暗になり、意識が落ちそうになったが、怒りのエネルギーが充満しているので失神せずに済んだ。

鬼塚の力を甘く見ていたわけではないが、暴力に慣れているだけのことはある。泰介が受けた鬼塚の一撃は鉄の塊のようだったし、いま密着している鬼塚の身体は、衣服を通してでさえ、その筋肉のたくましさが伝わる。一対一では到底勝負にはならない。

鬼塚は今度は拳ではなく、肘を繰り出して泰介の右頬を襲った。拳が鉄なら、肘は刃物だった。素早い動きで繰り出された肘打ちは、泰介の頬を切り裂いたようだった。激痛とともにしびれがじわじわと歩みよる。

鬼塚が笑う。

泰介も笑った。それを見て、鬼塚は「貴様！」と呻くように言い、首を絞めてきた。

そろそろだと泰介は思った。

泰介は拳を固め、素早く鬼塚の鼻と口の間に一撃を与えた。急所「人中《じんちゅう》」。満洲時代に知り合った馬賊に教わった必殺技だ。

うっと声がしたあと、鬼塚の歯がぼろぼろと落ちた。

噴き出した血が泰介の顔に降りかかる。

鬼塚の体重がふと軽くなった。今度は拳を鬼塚の顔面に叩き込んだ。

鬼塚の身体が泰介から離れ、顔を手のひらで覆って、土の上にうつ伏せになった。

智也が鬼塚に近づき、タオルで目隠しをした。

次に口を押さえている鬼塚の手を無理矢理うしろに回し、用意してあるロープでしっかりと結んだ。

事前に穴を掘っていたところに、鬼塚の両足を持って引きずっていく。鬼塚はがくがくと震えている。穴の前に座らせた。

智也が差し出した日本刀を泰介は受け取り、鞘から刀を抜いた。刀身が月明かりを受けて鈍く光った。泰介は刀身を鬼塚の顔の前に晒した。智也が鬼塚の目隠しをはずした。鬼塚が目の前の日本刀を見て、「助けてくれ。何でもする。これまでのことは水に流す。助けてくれ」

泰介は後ろに回り、日本刀を上段に構えた。鬼塚が震えている。

「鬼塚、楽になれ」

泰介は一気に刀身を鬼塚の首の後ろに打ち下ろした。

首がコロリと、穴に落ちた。

鬼塚の首の左右から血が宙に噴き出し、放物線を描く。

鬼塚の身体が前のめりになり、スローモーションで穴の中に落ちていく。

月明かりが鬼塚の身体を照らす。汚れきった鬼塚は、死んでも汚れたままだ。


泰介と智也は枯れ草の上に横たわった。

「月がきれいだな」

「うん。きょうは確か中秋の名月だよ」

「最近、月を見ることもなかった。いや、見ていたのかもしれないが、感動なんてなかった。でもきょうは違う」

「俺もだよ」

と泰介は言った。

二人は起き上がった。車に戻り、麻袋とロープをトランクから取りだした。智也はスコップを手にし、二人で元の場所に戻った。

穴に入ると血の臭いでむせそうになった。急いで鬼塚の身体を麻袋に入れた。首だけが残り、二人ともじっと見つめた。鬼塚の目は開いていて、かつて見たことのない柔和な目だ。鬼塚は、実は心根の優しい人間だったのかもしれない。我々は判断を誤ったのかもしれないと一瞬後悔の念が泰介を襲いかけたが、鬼塚から受けた仕打ちを思い出し、唇を強く結んだ。

智也が鬼塚の半開きの目に手を当てて閉じさせた。首を両手で抱え、麻袋に入れた。

どちらからともなく、麻袋に向かって合掌した。

麻袋を車のトランクに入れ、今度は泰介が運転席に座った。

車は闇夜を疾走する。二人とも無言だった。窓から月明かりが差し込む。

岩城智也は、書き終えた手紙を三度読み返したあと、封筒に入れた。

宛名は「佐伯荘三郎」。

自分で書いた宛名の文字を見ながら、佐伯のことを思った。歳は離れているが、特攻志願兵であった佐伯は、飛び立つ日の前日に終戦となった。自分も同じだ。二次召集を待っていたときに終戦。振り上げた拳を叩きつける場所がなくなった。二人で話すとき、言葉は少なくとも相通じるものがあることを二人とも意識した。

彼なら俺の考えを理解してくれるだろう。そして、ことが上首尾に進むよう知恵を絞ってくれる。真相を書いたこの手紙は、他の者には絶対読まれてはならない。佐伯にのみ真実を打ち明けるのは、佐伯の口の堅さを重々承知しているからだった。

佐伯に対する智也の信頼は揺るぎがなかった。

智也は文机から離れて客間に行った。床の間の掛け軸、床柱、床框《かまち》と視線を移す。床柱と框は年季が入っている。父の代につくり、いまなおこの家をしっかりと支えてくれている。代々伝わるものはたくさんあるが、この家だけは格別のものだ。一流の大工が、一級品の木材を使って作り上げた家だ。自分が死んだら息子がこの家を継ぐ。息子が死んだら孫が継ぐ。

この方針は揺るぎないものと考えていた。しかし、いまは違う。

智也は、家長として自分がいつも座っているところをじっと見つめた。床柱から一メートルほどのところだ。家族、親戚が集まるときは、大きな食卓を据えて、頂点には智也、左に息子、右に息子の長男と、席順は決まっている。

智也は、今は誰もいないその部屋で、家長の席に腰を落とし、正座してみた。

座り心地が違った。言葉では表現できない感覚が智也の身体を電流のように流れる。

当然のことだった。

智也が座っているところの真下の土の中、そこには鬼塚の死体が埋められているからだ。

☆

「ほぼ予想していたことです。でも、佐伯先生の口から真実を聞かせていただき、霧が晴れたようです。ありがとうございました。いまのお話は、私の胸の内に留め、一切他言いたしません」

健介は佐伯に頭を下げた。

「そうしていただければ幸いです。辛いとは思いますが、健介君もすでに一人前の男子。苦しみをバネにしてこれからの記者生活をさらに充実したものにしていってください。陰ながら応援しています」

健介は頷いた。

「ところで、鬼塚の死体はいまもあそこにあるのですか？」

「はい」

と佐伯は歯切れよく答えた。

「母は知っているのですか」

佐伯が頷く。

「死体、と言ってもすでに白骨ですが、そんなところに母は平然と住み、しかも、白骨の真上にいつも座るというのは、私はどうしても理解できないのですが。何らかの宗教の信者でもありませんし、そんな不気味なところを死守しているのはなぜなんでしょう。何の意味があるのか全くわかりません」

「不快ですか?」

と佐伯は深い皺をさらに深くした。佐伯の笑顔だ。なぜ笑う?

健介は素直な気持ちをぶつけたのだ。それを笑顔で返すとは! 腹立たしさを感じ、佐伯をじっと見つめると、

「岩城智也が頭を下げて頼んだからですよ」

と佐伯は言う。

「死体が見つからないように頼む相手が、なぜ母なんです? 母は岩城家とは無関係、赤の他人ですよ」

「他人だからいいんですよ」

と佐伯が答える。

健介にはその意味が理解できない。

「なぜ身内ではだめなんです? もちろん、私の祖父が鬼塚を殺したわけですから、全く無関係とは言えませんが、それだったら、父に頼むのが筋ではないですか。父が了承するか否かは別として」

「だから……」

「わかりますよ。父は不義の子。父の実際の父親が岩城智也さんだということはお聞きしました。しかし、

それだったらむしろ岩城さんはそのことを直に父に伝えて、事情を説明して父に頼んだ方が、すべてうまくいったのではないですか。父は、何も知らされないまま、不良になり、若いころは喧嘩ばかりの生活を送ってきたわけですから」

佐伯の皺が消えた。いや消えたように見えた。顔が無表情になったのだ。怒ったのかと健介は思った。しつこく問いたださずにはいられなかった。それも、いまとなっては何の意味もないことを。

しかし、健介はこれまで佐伯が話してくれたことを考えると、やりきれなさを感じるのだった。祖父と、父が惨めで、哀れではないか。その思いが、佐伯への強い言葉として出たのだ。

佐伯は黙ったままだった。

☆

十三年が過ぎた。

くも膜下出血を患った母は、幸運なことに後遺症もなく、すぐに普通の生活に戻ることができた。そして、その後も日田の家で一人の生活を続けたのだが、夏休みに健介一家が二泊三日で遊びに行ったとき、二日目の朝方、床の間の布団の上で静かに亡くなっていた。八十四歳だった。

何らの兆候もなく、突然のことだったので悲しみよりも驚きの方が大きかった。隣の部屋で寝ていた健介たちは、母の苦しむ声を耳にすることはなかった。五年前のことだ。

健介はあと二年で定年となる。定年後は、母の遺言通りに日田に移り住む予定だ。

躊躇いがなかったわけではない。都会で生きてきた人間が容易に日田での生活に溶け込めるだろうか。飲み屋が少ない、高級クラブもない、コンビニまで距離がある。実につまらない理由だとは思いながらも、日田での生活に不安があることは事実だった。

健介が日田に移住することを躊躇う理由はもう一つあった。

鬼塚の死体がある家に住みたくない。美里には、死体のことは話していない。

妻の美里は官庁を早期退職しており、地元のボランティアやカルチャースクールなどに多忙な日々を送っている。最近は装飾品の手作り講座に足繁く通っている。先日、ペンダントを完成させて悦に入っていた。「どう？　私の手作りよ」と自慢げに言う美里の胸元には鮮やかなブルーのペンダントがあった。

「ターコイズか？　とても似合ってるな」と世辞でなく健介は褒め称えた。

そういうことがあったので、東京を離れるとそんな楽しみもできないだろうし、しかも祖父の代から東京だから、日田への移住など当然拒否するものと思っていた。

ところが、美里は健介の予想に反して日田移住に賛成し、躊躇する健介の背中を押したのだった。

「あなたが行かないと言っても、私はあそこに住むわよ。単身赴任みたいで、楽しいかも」

と笑顔を見せたのだ。

なぜ？

理由を訊いても、ありきたりの回答を繰り返すだけだった。自然、温かい人間関係、清潔、静寂、緑、山と川、そして美しすぎる杉。そういったことを移住の理由としてあげた。

すぐに飽きるぞ、と言うと、それには答えず、静かに笑うだけだった。

思い出すことがある。

母がくも膜下出血で倒れたとき、入院先の病室で、母は美里だけを残して、人払いしたことがあった。

いや、人払いしたというのは言い過ぎかもしれない。母は、

「少し眠りたいから、みんな待合室でお茶でも飲んできたら」

と言い、その言葉に従って病室を出ようとしたとき、

「あ、美里さん、少し腕を揉んでくれないかしら」

と言ったのだ。

健介、周平、美那子、岩城明、譲二、春子、中山一郎、佐伯の八人は、待合室で缶コーヒーを飲みながら、主に母のことを話題に話し続けた。夕飯も一緒にとろうということになり、土地に詳しい中山一郎が携帯電話で店の予約をし終わったとき、美里が戻ってきた。

美里の表情が硬かったので、

「どうかしたのか？」

と訊くと、美里は表情を緩め、

「お義母さん、すやすや眠っているわ」

笑顔を見せたが、その笑顔もいつもとは違うものだった。

あの時、母は日田の家の地中に鬼塚の死体があることを美里に話したのではないだろうか。

しかし、もしそうだとするなら、そんな家に住みたいとは言わないはずだ。

では、どうして美里は率先して日田移住を喜ぶのだろうか？

そんな疑問も、時が経つにつれて健介の頭の中から薄らいでいった。むしろ、日田に移住することに美里が賛成してくれることを嬉しく思うようになっていった。

秋に休暇をとって、美里と二人で日田を訪れることにした。周平も行きたいと言い、一日遅れで来ることになった。周平はすでに二十九歳になるが、まだ独身である。ゲーム好きが高じて、高校は通信制を選び大学に進学することもなく、ひたすらゲームをやっていた。幸いなことにゲームソフトのコンテストで注目を浴び、独立することができた。周平は久しぶりに次郎と会えるのを楽しみにしているようだ。

今回の日田訪問は、家をリフォームするためだ。家はかなり傷んでいる。母が亡くなってから五年間、地元の主婦に頼んで、三日に一度ほど家に入ってもらって風を通してもらっていたので、黴、害虫、木材の腐れなどはない。ただ、畳や床も古く、汚れている。トイレ、風呂場、キッチンなどの水回りは、やはり新しいものに替えようということになった。そのためには、間取り変更しないといけない。

出発の前日、美里と段取りについて話をしていたら、横で聞いていた周平が、

「それなら次郎に頼めばいいじゃん」

と言った。

「次郎くん、そういった会社にお勤めなの？」

と美里が訊くと、周平は、

「社長だよ。旭子っていう元気のいい子がいたの覚えてない？」

美里は首を横に振った。

「次郎は旭子と結婚したんだよ。養子に入ったんだってさ」

「で、旭子さんの実家が工務店なの？」

「そう。鬼塚工務店って会社。そこの社長が次郎で、旭子が副社長。腕はいいから安心していいよ。俺の方から連絡いれとくから」

　健介と美里はどちらからともなく顔を見合わせた。

困ったことになった。二人が黙っているので何かを察知したのか、周平は、

「なんかまずいことでもあんの？」

「いや別にない……」

「怪しい会社じゃないよ。二人ともまともだし、仕事に対して真面目。安心して任せられると思うけど」

「よし、わかった。次郎くんのところに頼むことにしよう。ママもＯＫだよな」

　と平静を装うと、

「もちろんよ」

　と美里も明るい声で応えた。


　名刺には「有限会社 鬼塚工務店 代表取締役 鬼塚次郎」と書かれてあった。次郎は、顔も身体も引き締まった好青年だった。

「仲良くしてもらっている周平さんから電話があったときは、とても嬉しかったです。しかもお仕事までいただいて、恐縮しております」

と深く頭を下げた。横にいる次郎の妻である旭子も次郎と同じ角度で頭を下げた。お転婆と聞いていたが、ふっくらした真っ白な頬に理知的な口元が印象的なおとなしげな女性だ。鬼塚家の人間には見えなかった。時が過ぎて時代が変われば人間も変わるのだと健介は思った。

簡単な打合せをしたあと、次郎は室内を隅々まで見て回り、写真を撮り、何かをメモしたりしてから外に出た。家の外観を写真に収め、パースを描き、床の下を覗いてみたりと一時間ほど熱中して仕事をこなしていた。

「二日後にご提案をさせていただきます」

と言って帰っていった。

約束通り二日後に提案書ができたと連絡があった。今度は鬼塚の仕事場にこちらから出向くことにした。一度事務所を見ておきたいと思ったのだ。

目抜き通りに面した、小さな構えの事務所だった。応接室のソファで待っていると、次郎が入ってきた。

挨拶のあと、次郎は設計図をテーブルに広げ、

「床の間には触るなということでしたが、水回りを拡張するとなると、どうしてもあの部屋を少し縮小しなくてはいけないんですが、いかがでしょうか。この部分です」

と指し示したのは、床の間部分と、いつも母が座っていた箇所だった。

「あの床の間、とても気に入っていましたので、どうにかなりませんか」

と言ったのは美里だった。次郎は、

「ご要望を満たすには、この図面でないと無理なんです。すみません」

と頭を下げた。

「それなら仕方がありませんね。じゃあ、別のところに素晴らしい床の間をつくっていただけますか？」

と美里が言う。

「東側のこの部屋を床の間にするのはいかがですか？　床柱とは違うところになりますが、それでもかまわなければ」

「本来は、床柱のある場所に床の間、ですよね」

「おっしゃる通りです。ただ、いまの施主様は、あまりこだわりませんし、こちらの部屋の方が方位的にもいいです」

「どう、あなた。私はそれでいいかなと思うけど」

と振られて、健介は慌てたが、落ち着きを装って訊いた。

「基本的なことをお訊きしますが、リフォームというのはどういう形でなされるのですか？」

「今回は間取り変更ですから、床の間の壁を取り壊して、新しいものにします。いまの床の間は少し狭くなりますので寝室にして、この部屋を床の間にするつもりですが、いかがでしょうか」

「いまある床柱はそのままですか」

「あれだけの立派な銘木はそうそうありませんので、そのまま使った方がいいと思います」

健介は心の中で安堵した。

「ただ、水回りの拡充とともに、いまの床の間、つまり縮小するところですが、そこも全体的に床から取り替えた方がいいとは思います。ついでと言っちゃなんですが、耐震補強もされることをお勧めします」

「耐震補強？」

「はい。地中に杭を打って強くした方がいいかと思います」

健介は慌てて、

「いえ、そこまでは必要ないかと思います」

と拒絶すると、横から美里が、

「あら、せっかくだからやってもらいましょうよ。これから長く使うのだし」

「奥様のおっしゃる通りです。私どもとしてもお勧めいたします」

ひと通りの説明を受けたあと、健介と美里は鬼塚工務店をあとにした。

大変なことになった！

耐震補強工事が行われれば土中に埋められた鬼塚の遺骨が発見される可能性がある。ＤＮＡ鑑定で鬼塚のものだとわかってしまう。しかも、その遺骨を見つけるのが鬼塚の子孫なのだ。

家に帰り着くと美里はすぐに買い物に出かけていった。車のエンジン音が遠くなるのを確認したあと、健介はすぐに作業にとりかかった。

畳を外してみた。分厚そうな板があり、健介ひとりの力でははずせるものではない。

思いついたことがある。伝統構法の住宅は床高が比較的高いのが特徴なので床下に潜り込むことはできるはずだ。外に出て、縁側から下を覗いてみた。十分入れるスペースだ。健介は腹ばいになって潜り込んだ。向こうは庭だ。当然、日が入っていると思ったが、暗い。懐中電灯を手に腹ばいになって床下を這いながら進んだ。顔に何かが降りかかる。懐中電灯で照らすと、目の前に蜘蛛の巣があった。取り払って前に進む。遠くを照らしてみると、遮蔽物がある。近づいてみると、二メートル四方の四角い苔むしたものだ。苔の一部をむしってみると、中は石だった。押してみたが、びくともしない。削岩機はないだろうか、と思い、健介は一度外に出て納屋の扉を開けた。物色したが、電動削岩機らしきものは見つからない。小ぶりのハンマーがあったので、これであの堅牢な石を破壊するのは無理だとは思いながらも、手にとって元の場所に戻った。

　ハンマーのグリップを強く握り、打面を石に打ちつけた。しかし、石はぴくりともせず、わずかに欠片が落ちただけだった。今度は何か所かを軽く叩いてみて、石から跳ね返る音を聞き比べた。左方向の石から、明らかに違う軽い音が聞こえた。そこを、力任せにハンマーで打ったら、同時に頭を床下の根太にぶつけてしまった。激痛が襲い、健介は頭を抱えてうずくまった。手にぬるっとした感覚がある。出血だ。あきらめて外に出ようとしたとき、いま打った石が砕け落ち、ぽっかりと穴が空いている。

懐中電灯を照らし、中を覗いた。

見えたのは、壺と箱だった。

両方ともくすんだ色で、それは経年変化で汚れたものだと思えた。手を伸ばして壺の側面を触ってみると、汚れが落ち、陶器の壺だとわかった。もう一つの箱は、漆塗りの文箱だった。

　壺の蓋を開けようと手を伸ばしたが片手では無理だった。ハンマーで蓋を叩いた。手を突っ込み、中にある物すべてを取り出してポケットに詰め込んだ。白骨だった。土中に埋まっているはずの鬼塚の遺骨がどうして壺に入っているのだ。予期せぬことに健介は戸惑ったが、気持ちをすぐに切りかえ、先を急ぐことにした。

文箱も四苦八苦してどうにか取り出すことができた。蓋を開けてみると、入っていたのは封書とブルーのペンダントだった。封書の中身は予想した通り、岩城智也から佐伯荘三郎に宛てた手紙だった。

急啓

中秋の名月も終はりしなれど、いまだときをり暑さが肌を刺すこのごろ、貴下におかれましては、變はらず悠々たる精神で世の中を見つめてをられるのであらうこと、容易に察することができます。思ひ起こせば、終戦間近に貴下に出逢つてゐなければ、小生の人生もつまらないもので終はつたのではと感じてをります。

滿洲での戰は熾烈を極め、相手が支那人のみならず、それよりも強敵である自然や風土を相手にしなければならないこともあり、いま思ふに善悪は別として、人間として成長させてくれた時期でもあつたと懐かしさが身を包むときも御坐ひます。

滿洲から歸還した後の生活は山あり谷ありではありましたが、戰時下と比較するに、平坦な道のりであつたやうにも思ひます。もう二度とあのやうな事態が起きぬやう願つてしまふのは、職業軍人になることを拒否して、一般市民として生きていく決意をしたときからの信念でもあります。人が人を殺して許されるはずがありませぬゆゑ。

貴下におかれましては特攻で出陣間近に敗戰が決まり、其の悔しさは想像するに難くありません。いま貴下の平和願望を小生は知り盡くしてをりますが、當時の状況ではやむを得ない事でありました。戰爭は時代を變へ、人間を壞してゐくもので御坐ひます。

さて、前置きはこのくらゐとし、本題に移ります。

小生と矢島泰介は、人を殺めたことを貴下にお傳へいたします。

相手は、先般お會ひしたときにお話した鬼塚良一であります。

小生所有の日本刀を使ひ、矢島泰介が見事に鬼塚を斬首いたしました。小生の私有林でのこと、月明かりの中でのことです。鬼塚の首は轉げ落ちましたが、小生の鬼塚への憎しみは大きなものがありましたゆゑ、地べたに轉がつた鬼塚の心の臟に南部十四年式を撃ち込みました。

小生が鬼塚を誘ひ出し、泰介に恨みを晴らさせ、鬼塚が二度と生き返らぬやう小生がとどめを刺したのです。

先に、「人が人を殺して許されるはずがない」と書きましたが、意に反して許されぬ行爲をやつてしまつたといふ次第で御坐ひます。

貴下は當然ご存じないことゆゑ、なぜかういふことになつたのか、その經緯を説明させていただきたい。

鬼塚良一が木材輸入自由化反對について裏切り行爲を働いたことは、お話した通りです。大資本側につき、われわれ木材業を生業とする者たちの生活を窮乏させていつたのです。しかも、反對運動の情報を敵側に密告したのであります。

關東軍にも諜報を働き、私腹を肥やす者がをりましたが、まさにそれと同一。死刑にすべき輩でしかありませぬ。關東軍の間諜たちは戰後重要な役職に就き、國を動かしてゐるといふ事實を鑑みますと、鬼塚にこれ以上悪行を積ませないために殺すのが妥當だと判斷した次第であります。

ここまでは、貴下にはある程度お傳へしてきたことでありますが、ここから書きますことは、これまで私の胸の内だけにしまつてゐたことであります。これは小生ひとりで抱へるには荷が重い。ぜひとも貴下に知つてゐただきたく思つてゐる次第で御坐ひます。

鬼塚の罪は木材に關することだけではありません。

鬼塚は、矢島泰介の妻である小都を凌辱したのであります。從つて、矢島泰介の息子である裕一は、鬼塚の子どもといふことになります。

鬼塚良一を殺す前に、小生は矢島泰介にそのことを傳へました。泰介は小生の話を聞いて、何度も「それは事實か？」と問ひ詰めました。小生が話した事實は泰介を大きく打ちのめしたやうでした。泰介は、「鬼塚は俺に殺らせてくれ」と言ひました。小生は泰介には犯罪に手を染めさせたくなかつたゆゑ、自分が殺ると主張したのですが、泰介は引き下がりませんでした。

泰介は裕一の父親が小生だと思つてゐたのです。にもかかわらず泰介は小生と行動を共にしてくれました。泰介は言ひました。

「俺は、裕一の父親が智やんだと思つてゐたから許すことができていた。しかし、鬼塚良一が小都を犯したとなると、話は別だ」と。

泰介の目に怒りの火が點り、一氣に業火となつたのです。

戰友でもあり親友でもある泰介の願ゐを斷ることは小生にはできませんでした。泰介には鬼塚を殺すはっきりした理由がありますゆゑ。

話は戻りますが、小都が鬼塚に犯された日、小生は隣の部屋で眠つてゐました。二次召集の令狀を受け、南方に向かふ前々日に、挨拶のために小都の家に寄つたのです。夫の泰介はすでに二次召集を受け、南方に出征してをりました。家族ぐるみのつきあひだつたので、家に上がり、祝ひ酒をふるまはれたのです。ご承知のごとく小生は下戸ゆゑ、そのうち眠くなり、小都が隣の部屋に床を敷いてくれたのでした。

眠りから覺めたとき、隣の部屋でなにやら音がするのに氣づき、部屋を覗いてみました。明かりが消えてをりましたが、窻から差し込む月明かりで、大柄な男が小都の上に乘つて腰を振つてゐるのです。小都は何らの抵抗もしてゐなかつたのです。姦通をするやうな女でないことは知つてゐましたので、不思議に思ふとともに、信頼を裏切られたことに腹が立ちました。明らかに和姦の様相だつたからです。

日本刀があれば、即座に二人を斬り殺してゐたでせう。しかし、事情は違つたのです。小都のひとことが、ことの眞相をわからせてくれました。小都は男に抱かれながら、かう言つたのです。

「智也さん、死なないで歸つてきて。かういふことは、今夜限りだけど、戰死されるのは辛いの」

途切れ途切れでしたが、その言葉はいまも小生の耳に殘つてゐます。

となると、男は勝手に他人の家に上がり、夫のゐない女を犯した極悪人といふことになります。男が逃げるやうに玄關から出て行かうとしたとき、小生は咄嗟に動き、追ひかけましたが、夜陰に乘じて逃げられてしまひました。

家に戻ると、小都が蒲團の上に座つてゐて、小生に向かつて頭を下げました。

「智也さん、ありがたう。でも今日のことは忘れてください。私は泰介の女房ですから」

と言ひ、小生が默つてゐると、

「こんなのを履いてゐるのですね」

と目の前にひらひらさせて、小都は笑つたのです。

それは、旭日旗の繪柄のパンツでした。

貴下にお願ひがあるのです。

小都は鬼塚に犯されたことを知りません。息子の裕一は、小生の子どもだと思つてゐます。小都は、終戰後歸還した泰介にそのことを打ち明け、離緣してくれと頼んだのです。小生の名前は出さなかつたらしいのですが、泰介が小都の相手が小生だと思つてゐたことは前に書ゐた通りです。それでも、泰介は裕一を自分の子として育て、小生に對しても友情を捨てることはなかつたのです。

小生が人でなしと思はれることは辛いが、二人に眞實を知らせることの方がもつと辛いことだと思つてをります。貴下には、事實が二人に傳はらないやうに、小生亡きあとも、ご盡力いただけないでせうか。

小都はある日、小生に訊ゐた事がありました。「あの日の夜のことですが……」と言ひづらさうにしてゐたので、小都は半信半疑なのだなと小生は思ひました。私が答えを探してゐると、小都は氣持ちを切り替へるやうに「智也さんですよね？」と直裁的に訊ねたのです。小生は即答しました。

「間違ひなく私だ。あんたにも泰介にも惡い事をしたと思つてゐる。あれ以來ずつと悩み續けてゐた。本當に濟まない事をした」と言つて頭を下げたのです。顏を上げると、小都は和らいだ表情をしてゐました。別の男だつたのではと云ふ氣持ち、或はあのときの男は智也ではなかつたのではと云ふ疑念があつたのでせう。私が眞實を告げたなら、おそらく小都は自死したに違ひありません。私は嘘を貫くことが最善の方法だと判斷したのです。いまでも、其れでよかつたのだと思つてゐます。

不憫なのは、小都の息子裕一です。鬼塚が誹謗中傷を世間にばらまき、そのために、裕一は母親を毛嫌ひして不良の世界に入つていきました。荒れた生活を癒やしてくれたのは小生の娘である早苗と、親友の讓二くん夫妻しかいません。いまは東京での生活も軌道に乗つてゐる由。奥さんの千佳子さんは氣丈な性格で信頼できるやうで、安心はしてゐますが。

不憫と言へば、小生の娘である早苗もさうです。

裕一との間に子を宿しました。密かに生ませ、小生の養子にしやうと思つてゐたのですが、事情を早苗から知らされた讓二夫妻が育てさせてくれと言つてきました。裕一と早苗の間に生まれた娘は、早紀と名付けられ、讓二夫妻によつて手厚く育てられてゐます。

人間關係の綾は複雑に絡み合ふのが常ですが、小生の周圍の絡まつた絲は、良心的な人たちによつて幸せな道を辿りつつあるやうです。

貴下には、その道をさらに鞏固にしていただきたく、お願ひする次第で御坐ひます。

草々

九月二十五日

岩城智也

佐伯荘三郎様

読み終わったあと、健介は頭を抱えた。目を閉じてじっとしていると、目眩《めまい》がしてきた。立ち上がり、洗面所に向かい鏡を見た。見慣れた自分の顔が映っている。さらに凝視した。自分の顔に変化が現れた。頭の中に何度も描いた鬼塚の顔に変わっていく。祖母を犯し、裏切り行為を働く悪辣な男の顔が鏡に映っている。

自分が鬼塚良一の血筋だとは、とうてい信じることはできない。しかし、手紙に嘘はない。

父と同じように事実を知らないままでいたかった。

「どうしたの？」

後ろから声がした。

健介は居間に戻り、読んだばかりの手紙を妻に見せた。妻はそれを一瞥しただけだった。

「きみは知っていたんだな」

言ったあと、健介は美里が知っていたという根拠がないことに気づいた。知っているはずがない。リフォームで床の間をいじることに賛成したのは妻だ。

しかし、美里はあっさりと、

「知っていたわ」

と答えた。健介は美里の顔を見た。

「誰に聞いたんだ？」

「お義母さんよ。あなた、覚えているでしょう。お義母さんがくも膜下出血で倒れたとき、お見舞いを終えたあと、お義母さんが私を呼び止めたこと」

「もちろん覚えている。あのとき母はきみに何を話したのか、ずっと気になっていた」

「あなたが不審に思っていることは私も気づいていたわ」

「で、母はきみに何を頼んだんだ？」

「鬼塚良一の死体が日田の家の床下に埋められていることと、すべてが書かれたその手紙を保管することの二つよ」

「それで、きみが白骨を集めて壺に納め、洞を作ってそこに隠したのか？」

「それはお義母さん」

「母一人でできることじゃない」

「中山一郎さんがやってくれたらしいわ」

健介はそこから言葉が出なくなった。自分の知らないところで重大なことが行われていた。

黙ってしまった健介をじっと見ながら美里はゆっくりとした口調で話し始めた。

「岩城智也さんから送られた手紙で佐伯さんは事実を知り、それ以降、佐伯さんはあなたのお父さんの裕一さんや早苗さんを遠巻きに守ってきたの。そして、高齢になった佐伯さんは、お義母さんに打ち明けたのよ。事実が自分の段階で立ち消えになってしまうことを心配なさったのね。事実を知る者がいなくなってもかまわないのでは、あるいは誰も知らない方がいいという考え方もあるわ。でも佐伯さんはそう思わなかったらしいわ。いやなことであっても、そこに関係のある人たちに引き継がなければならないと思われたのよ、きっと。私もその考え方には賛成よ。ただ、伝えるにしても、あなたのお父さんではだめ。問題の中心にいる人だから。その意味では、あなたも同じ。

お義母さんは私に言ったわ。健介には決して言わないで、と。理由を言う必要はないわよね。鬼塚良一の孫だとなれば、いい気持ちがしないのは当然だわ。だから、お義母さんは二人の秘密だからと、私に何度もおっしゃった。私たちは鬼塚と血縁がないからといって平気でいられるわけではないわ。でも、あなたやお義父さんに比べれば負担は軽いわ。

みんなが苦しんでいたのよね。岩城智也さん、矢島泰介さん、それにあなたのお父さん、岩城早苗さん、早紀さん、みんなが苦しんでいたのよ。救いの神は佐伯荘三郎さんただ一人だった。岩城智也さんは、矢島泰介さんが鬼塚を殺したあと抜け殻のようになったのを見て、気を強く持たれたそうよ。自分がしっかりしないといけないと。最後まで気丈な智也さんだったと聞いたわ。でもいつか自分が死んだときのことを思って、信頼のおける佐伯荘三郎さんにその手紙を書いたの。

私はわかるわ。時代が違っても、人間の心は変わらないわ。ましてや、特殊な時代の中だったから、誤解や、ちょっとしたことで人生の色合いが変わっていったのね。誰を恨むこともできないわ。

お義母さんは前向きだったし、愛情深かったわ。そんなお義母さんだったから、佐伯荘三郎さんはお義母さんにこの手紙を託したの。鬼塚良一の死体が埋められている場所もお義母さんに教えた。

死体はすでに白骨化していたそうよ。お義母さんは中山一郎さんの助けを借りて骨を拾い、骨壺に収めた。遺骨をどうすればいいのか、それはお義母さんが亡くなるまで宿題として考えてこられたようだったけれど、手立てができないまま亡くなられた。私はお義母さんの遺志を受け継ぐことにしたの。お義母さんが亡くなられてから、あらためて考えてみると、早紀さんと旭子さんのことがとても気になり始めたのよ。早紀さんほど数奇な運命を背負った人はいないわ。本当の親と暮らすことができず、それだけでなく、最後まで親が誰かを知らされなかった。でもね。実は早紀さんはわかっていたみたい。お義母さんに聞いたのだけれど、譲二さんに詰め寄ったらしいわ。しかし、譲二さんは事実を話さなかった。それがいいことだったのか、私にはわからないわ」

　美里の言葉が途絶えた。健介は手元の文箱を開けた。

「手紙の件は理解できた。ところで、これは何なんだ？」

　文箱からペンダントを取りだして美里に訊いた。

「遺骨よ。鬼塚良一の」

　ペンダントが健介の手を離れて畳の上に転がった。遺骨と聞いて手が勝手に開いたのだった。

「苦労して作ったのよ」

「カルチャースクールに通っていた時期があったが、そこで習ったのか？」

　美里は頷いた。

「骨はもろいのでネックレスにすることはできなかったわ。糸を通すために穴を開けようとすると壊れてしまうの。だからペンダントにしたの。遺骨を金属で覆って、ターコイズの樹脂でデコレートするのよ。慣れないのでかなり失敗したけれど、どうにか二つ、満足できるものができあがったの」

「ここには一個しかないが」

「一個はすでにあげたわ」

「誰に？」

「早紀さん。あなたは変に思うかもしれないわね。血のつながった人の遺骨でできたペンダントを身につけることに」

「いや、そんなことはない」と答えたものの、健介は違和感を拭えない。

それを察したかのように美里は言った。

「鬼塚良一はワルだったけれど時代が違えばまっとうな人間になっていたかもしれないということなの。すべてを時代のせいにするのはずるいけれど、人間が環境の影響を受けやすいということは事実でしょう？　鬼塚の息子である裕一さんと早苗さんとの間に生まれた早紀さん。その早紀さんは鬼塚のお孫さんということにもなるのよね。鬼塚がひとでなしであっても事実は否定できないわ。でも、早紀さんに打ち明けることはできない。鬼塚家に話すこともできない。だからペンダントに託したの。孫に悪さはしないでしょう。孫に対しては愛情を注ぐでしょう」

「早紀さんは受け取ったのか？」

「怪訝そうにしていたけれど、受け取ってくれた。でも、身につけているのをまだ見たことはないわ」

健介には理解できないことだったが、美里が真剣に考えた末の行動だと思うと、否定などできない。

「これは、どうするつもりなんだ？」

健介は畳の上に転がったペンダントを拾い上げた。

「それはね……」

美里は一瞬言い淀んだあと、

「旭子さん」

　と言った。

「鬼塚良一のひ孫だからな」

「ええ、そう。でもそれだけじゃないの。私は旭子さんがかわいそうでならないのよ。父親の旭日さんは若くして亡くなり、祖父の旭さんは極道だった。それで旭子さんはすごくいじめられたそうなの。そして曾祖父の良一は行方不明。笑わないで聞いてね」

「もちろん笑ったりはしない」

　美里は続けた。

「このペンダントが旭子さんを守ってくれると私は信じているの」

「リアリストのきみにしては意外だな」

「他に手立てがないからよ」

　健介は頷いた。

「ひとつ質問していいかい？」

　美里が頷いた。

「なぜ、早く渡さないで、この文箱に入れたままにしていたの？」

「私が旭子さんにプレゼントをあげる理由がないから。変に勘ぐられるのは避けたいし。そんなことを思っていたら、チャンスを逃して、文箱にまた入れちゃったのよ。この家が永遠に存続するとは考えられないでしょう。いずれは取り壊されるときがくると思うの。仮の話だけれど、そのとき私たちが死んでいなくなっても周平は解体工事をおそらく鬼塚工務店に頼むと思うの。そのとき、この文箱が見つかるわ。手紙が出てきて周平が過去のことを知る。そしてペンダントをどうしようかと考える。旭子さんが欲しがればいいけれど、そうはうまくいかないわね。そのときは、おそらく周平のお嫁さんのものになるのかもね。もちろん、周平はずっと独身のままかもしれないけれど」

「俺たちが仮に八十以上まで生きるとしてあと二十五年ほどだ。鬼塚が祖父たちに殺された年からほぼ百年後ということになるな。ロマンがあるじゃないか。百年という歳月を装飾品が語ってくれるということになるんだな」

と言うと、美里は、

「何を似合わない言い方してんのよ」と笑いながら続けた。「まあそういうことね。百年の間にあったことを知っているのは、二つのペンダントだけということになるわ」

「ペンダントもそうだけど、杉木立もそうじゃないか？　例のあの場所のりっぱな杉はきっと百年をじっと見ているに違いない」

「そうね。百年産業と言われる林業の町ならではよね」美里はじっとペンダントを見つめたまま続けた。

「実はペンダントは一つでいいと思っていたの」

「どういうことだ？」

「本当に身につけて欲しかった人にあげたかったのよ。鬼塚とは血の繋がりのない人」

「早苗さんか」

「そう。事実が明らかになっていたら早苗さんはあなたのお父さんと一緒になっていたのかもしれないわね。それを考えると、悲しくなるのよ」

エピローグ　九月十三日 終焉

周平は手元の手紙を折りたたんで文箱にしまった。

三隈川の水に濡れて見えなくなった手紙を読むことは不可能だと思っていたのだが、和紙は強力な復元力を持っていた。アイロンを当てると墨文字が浮かび上がってきたのだ。ところどころ判読不能ではあったが内容を理解するには十分だった。

この手紙に書かれてあることが真実とするならば、周平の曾祖父は鬼塚良一ということになる。つまり旭子と周平は血の繋がりがあるのだ。手紙によると、鬼塚良一は相当な卑劣漢だったようだが、周平や旭子に鬼塚の遺伝子があるとは思えない。旭子の性格を知っているので信じ難いことだった。父も母も何も語ってくれなかった。語れるような内容でないことはわかるし、語るべきではないと思っていたのだろう。

いや、その前に両親は事実を知っていたのだろうか。

父は新聞記者として沖縄をテーマに追い続け、頻繁に沖縄に取材に行っていた。宛先として書かれてある「佐伯荘三郎」という名前も周平の記憶にある。だとすると、父は過去のことを知り、苦悩したのかもしれない。祖父母である裕一と千佳子は実の親のことだから事情を知り尽くしていたと想像できる。どのようなことが起こり、二人はどんな対応をしてきたのか。悩みながら人生を終えたのか、それとも一抹の明るさを見いだして、心安らかに天寿を全うしたのか。いまの周平には、知る術はない。

いや、待てよ。福岡の「安本譲二」と「早紀」から話を聞くことはできないだろうか。安本譲二が存命とは思えないが、早紀は健在である可能性はある。明日にでも福岡に行ってみようと思った。

そのとき、部屋に入ってきた妻の佳代が、

「どうしたの？　深刻な顔して」と言った。

周平は佳代に手元の手紙を渡した。佳代は折りたたまれた手紙に目を落としたあと、周平の顔を見た。笑顔はない。

「これって、三隈川に流されたあの手紙なのね」

「読んでみて、率直な感想を聞かせてくれないか」

佳代は頷いて読み始めた。周平は窓辺に行き外を眺めた。秋空が広がっている。家の解体が始まって以来、日田にきたときは三隈荘に宿泊している。この旅館はなぜか落ち着く。

「読んだわ」

後ろから佳代の声が聞こえた。窓から離れ、畳の上に正座して、「どう思う？」と訊いた。

佳代はしゃべることを頭で整理するような目の動きをしたあと話し始めた。

「戦時中と、その後の高度経済成長期。何があってもおかしくない時代だったと思うの。だから鬼塚良一という人が悪人だったとしても、それは時代がつくったという言い方だってできるわけよね。もちろん、あなたにも関係することだから平気ってわけにはいかないわ。いま思い出したんだけれど、家の改築をするとき、次郎くんの鬼塚工務店をあなたが紹介したと言ったわよね。お義母さんは快く次郎くんのところにお願いすることにしたのではなかった？　お義母さんはこの手紙のことを知っていたかもしれないわね。だとすれば、過去を忘れることが罪の償いだと思ってらっしゃったとも考えられるわ。私は、この手紙を読んで、そう思った」

父の遺品であるノートパソコンで、福岡の安本譲二と早紀の住所と電話番号を知ることができた。すぐに電話をしてみたが、発信音が続いたあと、使われていないという機械的なアナウンスが流れてきた。それでも、行ってみたい。万に一つの可能性のために動くことに周平は躊躇わなかった。佳代は、「私も行くわ」と力強く言った。

一時間半ほどで目的地に着いた。「居酒屋ジョージ」はなく、そこには中層のマンションが建っていた。それでもあきらめず、近所を歩き回り尋ねてみたが、知らないという返答ばかりだった。あきらめかけたとき、「あれ、何かしら？」と佳代が路地の奥を指さした。

そこだけ明かりがついているかのように光って見えた。健介は路地に入った。

近づいてみると、そこは古びたしもたやで、「金物店 井田源」と書かれた看板がかかっている。すぐに引き戸を引いて中に入った。老人が椅子に座っていた。

その老人に居酒屋ジョージとそのオーナーの消息を尋ねると、

「譲二はとっくの昔に死んだばい」と老人は目をしょぼつかせながら答え、さらに続けた。

「娘の早紀ちゃんも亡くなった」

「いつですか？」

「先月だよ」

遅かった。これで祖父母や曾祖父母のことを知る手立ては完全に消滅した。呆然と老人を見つめていると、

「いい葬儀だった」

老人は遠くを見るような目をした。

「居酒屋ジョージの常連が集まって、わいわいがやがやと楽しく送り出してやった。通夜は前日の九月十三日、中秋の名月だった。早紀さんはお月様が大好きだったから、いいときに通夜ができてよかったなとみんなで言い合った。棺の中には、早紀さんがいつも身につけていたペンダントを入れてやった。大事に大事にしていたものだったからね」

【参考資料】

『森林の崩壊』白井裕子　新潮新書
『地域森林景観・大分県日田市・日田郡』東京大学森林風致計画学研究室
『森の名人ものがたり』森の〝聞き書き甲子園〟実行委員会事務局編　清水弘文堂書房
『林業現場人　道具と技７』全国林業改良普及協会
『木材と文明』ヨアヒム・ラートカウ著　山縣光晶訳　築地書館
『里山の環境学』武内和彦・鷲谷いづみ・恒川篤史　東京大学出版会
『国土交通省ホームページ』
『林野庁ホームページ』
『日田市公式ウェブサイト』
『衆議院会議録情報　第０３９回国会　商工委員会　第一号』昭和三六年九月二五日
『衆議院会議録情報　第０４９回国会　農林水産委員会　第六号』昭和四〇年八月一一日

本作は書下ろしです。

■著者略歴

織江耕太郎（おりえ・こうたろう）

1950年、福岡県生まれ。

福岡県立筑紫丘高等学校を経て早稲田大学政治経済学部卒業。

主な著書に、『キアロスクーロ』（水声社、2013年）、『エコテロリストの遺書』（志木電子書籍、2017年。英訳・西訳あり）、『浅見光彦と七人の探偵たち』（内田康夫らとの共著。論創社、2018年）、『記憶の固執』（Zapateo、2018年）、『暗殺の森』（水声社、2019 年）、『星降る夜、アルル』（論創社、2019年）などがある。

百年の轍

2020 年 9 月 30 日　第 1 刷発行
2021 年 3 月 17 日　第 2 刷発行

著　者　織江耕太郎
発行者　田島安江
発行所　株式会社 書肆侃侃房（しょしかんかんぼう）

〒 810-0041 福岡市中央区大名 2-8-18-501
TEL 092-735-2802　FAX 092-735-2792
http://www.kankanbou.com
info@kankanbou.com

編　集　田島安江
装　幀　成原亜美（成原デザイン事務所）
ＤＴＰ　黒木留実
印刷・製本　モリモト印刷株式会社

ISBN978-4-86385-424-6　C0093